Inocencia robada
Trish Morey

Bianca™

HARLEQUIN™

Editado por HARLEQUIN IBÉRICA, S.A.
Hermosilla, 21
28001 Madrid

I.S.B.N.: 978-84-671-5245-6
Depósito legal: B-24532-2007
Editor responsable: Luis Pugni
Composición: M.T. Color & Diseño, S.L.
C/. Colquide, 6 - portal 2-3º H, 28230 Las Rozas (Madrid)
Fotomecánica: PREIMPRESIÓN 2000
C/. Algorta, 33. 28019 Madrid
Impresión y encuadernación: LITOGRAFÍA ROSÉS, S.A.
C/. Energía, 11. 08850 Gavá (Barcelona)
Fecha impresion para Argentina: 21.1.08
Distribuidor exclusivo para España: LOGISTA
Distribuidor para México: CODIPLYRSA
Distribuidores para Argentina: interior, BERTRAN, S.A.C. Vélez
Sársfield, 1950. Cap. Fed./ Buenos Aires y Gran Buenos Aires,
VACCARO SÁNCHEZ y Cía, S.A.
Distribuidor para Chile: DISTRIBUIDORA ALFA, S.A.

Prólogo

Sydney, Australia

¡La vida no podía irle mejor!

Saskia Prentice le permitió que la recostase contra las almohadas; su joven corazón palpitando, sus labios aún hinchados tras el último beso, anhelando lo que iba a ocurrir.

La luz de la luna se filtraba por las ventanas a través de las cortinas de seda, transformando la piel de él en satén e iluminando la habitación con su cálido reflejo lunar. Los ojos de él eran dos pozos oscuros mientras se colocaba sobre ella.

Saskia se derritió mientras miraba los ojos del hombre al que amaba.

Aún no tenía dieciocho años y ya había encontrado al hombre de su vida, al hombre cuyo destino estaba entrelazado con el suyo. No había posibilidad de error, ése era el hombre de su vida. Pasarían años amándose, años así, como en ese momento.

¿Cómo podía ser tan afortunada?

Saskia dejó de pensar y se entregó por completo a las sensaciones que él le estaba produciendo al presionar contra su cuerpo. Quería que la poseyera, deseaba recibirle y que él se introdujera profundamente en ella para satisfacer aquel desesperado deseo…

Se miraron a los ojos brevemente cuando el cuerpo de Saskia comenzó a aceptarle.

—Te amo —susurró ella.

Pero al cabo de unos segundos… él la había dejado.

Saskia abrió los ojos y le buscó con la mirada. Le vio al otro lado de la habitación, poniéndose los pantalones vaqueros y la camisa. Su mirada había adoptado un cariz furioso.

—Vístete. Pediré un taxi por teléfono.

Saskia le miró con horror. De repente, se sintió inepta y vulnerable.

—Alex… ¿qué pasa?

—*Tsou* —le espetó él como asqueado de sí mismo. Después, le tiró la ropa, mirándola con ojos fríos como el hielo—. Esto ha sido una equivocación.

Saskia agarró su ropa, humillada y avergonzada de sí misma. ¿Tan repulsiva era su inocencia?

—¿He hecho algo malo? Siento…

—¡Vístete! —le ordenó él con una voz que a Saskia le pareció irreconocible, la voz de un desconocido.

—Pero… —las lágrimas afloraron a sus ojos mientras se vestía—. Pero ¿por qué?

—¡Márchate! —rugió él—. ¡Yo no me dedico a desvirgar a jovencitas!

Capítulo 1

Londres, ocho años después

¡Éxito! Saskia Prentice se encaminó hacia la puerta de la sala de reuniones con la sensación del éxito corriéndole por las venas.

En menos de cinco minutos se haría público su nombramiento como editora en jefe de la revista de negocios *AlphaBiz*.

¡Se lo merecía, había trabajado mucho para conseguirlo!

Doce meses de lucha constante e intensa con su principal contrincante para el puesto, su colega periodista Carmen Rivers. Carmen no había dejado lugar a dudas de que estaba dispuesta a hacer lo que fuera con tal de conseguir ese puesto, y dada su reputación no era de extrañar. No obstante, era ella, Saskia, quien había reconocido las noticias más importantes a nivel mundial y quien había logrado entablar contactos y hacer entrevistas a las personas de negocios más reacias a dejarse entrevistar. Hacía ya dos días que, extraoficialmente, el director de la revista le había confesado que ella era la ganadora, que se le ofrecería ese puesto de trabajo oficialmente en la reunión de directivos a dos días vista.

Y ése día había llegado.

Saskia había estado muy nerviosa durante todo el día, hasta el momento en que, por fin, la habían llamado. Le iban a dar el puesto de trabajo. Lo que también le permitiría sacar a su padre de la deficiente residencia de ancianos en la que estaba e ir a una decente en algún lugar pintoresco en el campo.

Había pensado en todo; ella se trasladaría a una casita en el campo cerca de la residencia de su padre. Su casa tendría un jardín para que su padre, los fines de semana, pudiera plantar o hacer lo que quisiera. El mejor salario y las bonificaciones que el nuevo puesto de trabajo conllevaba lo harían posible.

Puso una mano en la manija de la puerta y se llevó la otra a la cabeza para asegurarse de que sus rebeldes rizos estaban bien recogidos en el moño. Tomó aire pensando en que sus sueños pronto se harían realidad. Era la gran oportunidad de hacer que el apellido Prentice recuperara su valor en el mundo de los negocios una vez más y también la oportunidad de devolverle a su padre parte del orgullo que tan cruelmente le habían usurpado.

Soltó el aire que había contenido en sus pulmones, golpeó suavemente la puerta de madera noble y entró.

El sol que entraba por los enormes ventanales la deslumbró momentáneamente al entrar. Cuando sus ojos se acostumbraron a la luz, se sorprendió al ver la ausencia de los miembros del consejo, sólo el presidente se encontraba allí.

−¿Qué tal, señorita Prentice… Saskia? −el presidente, sentado a la cabeza de la mesa, le indicó con un gesto que tomara asiento–. Gracias por venir.

Una súbita inquietud se apoderó de ella.

Sir Rodney Krieg le había saludado casi con amabilidad. Sir Rodney nunca empleaba un tono amable de voz. ¿Y dónde estaba el resto de los miembros de la junta directiva? ¿Por qué no se encontraban presentes para anunciar que el cargo era suyo?

El presidente lanzó un largo suspiro.

–Como ya sabe, cuando fijamos esta reunión, lo hicimos con la idea de anunciar la toma de su cargo como editora en jefe de la empresa.

Saskia asintió con aprensión.

–En fin, me temo que ha habido un cambio de planes.

–No comprendo.

A menos que le hubieran dado el puesto a Carmen...

–¿Ha decidido la junta darle el puesto de trabajo a Carmen?

Sir Rodney negó con la cabeza y Saskia sintió un momentáneo alivio.

–Al menos, todavía no –respondió el presidente.

Las esperanzas de Saskia se desvanecieron de nuevo.

Pero no estaba dispuesta a darse por vencida sin presentar batalla.

–¿Qué quiere decir con eso de que todavía no? ¿Qué ha pasado? Hace tan sólo dos días usted me dijo...

Sir Rodney alzó una mano para acallar.

—Admito que no es lo correcto, pero Carmen ha estado hablando con algunos de los miembros de la junta para que votaran a favor de ella…

Saskia se quedó helada. No quería ni imaginar lo que habría estado diciendo a los miembros de la junta.

—En resumen, la junta ha decidido no precipitarse en la elección de la persona que va a ocupar el cargo —concluyó Sir Rodney.

—No ha habido precipitación ninguna —protestó ella—. La junta lleva doce meses deliberando sobre ello.

—De todos modos, a algunos miembros les parece que Carmen tiene razón. Usted ha estado implicada en varios proyectos durante ese tiempo, quizá Carmen no haya tenido la oportunidad de demostrar su capacidad de trabajo.

Saskia pensó en su padre. ¿Qué iba a decirle? Con tan sólo un año o dos antes de que su estado de salud le dejara inválido en la cama, su padre soñaba con salir de la ciudad e irse al campo.

—¿Qué va a pasar ahora? —preguntó ella, completamente hundida. Había trabajado mucho para conseguir aquel trabajo y ahora se lo quitaban de las manos—. ¿Cuánto tiempo le va a llevar a la junta tomar una decisión definitiva?

—Eso depende de usted y de Carmen.

Saskia arqueó las cejas.

—¿Qué quiere decir?

Sir Rodney consiguió mostrar entusiasmo en su expresión.

—La junta ha decidido que la mejor forma de comparar su talento con el de Carmen es que compitan directamente. A cada una de ustedes se les asignará un sujeto de nuestra elección, se tratará de un hombre de gran éxito en los negocios que, por los motivos que sean, haya elegido mantenerse al margen de la opinión pública; un hombre cuyas apariciones en público sean en extremo escasas mientras que su reputación en el mundo de los negocios continúe ascendiendo día a día. Lo que usted y Carmen tienen que hacer es un perfil de la personalidad del hombre que elijamos para cada una. La que consiga un mejor perfil en el plazo de un mes tendrá su artículo publicado en la portada de la edición especial anual además del cargo de editora jefa.

—Pero Sir Rodney, llevo todo el año publicando buenos perfiles…

—En ese caso, uno más no le supondrá ningún problema. Lo siento, Saskia, pero ésta ha sido la decisión de la junta. Los miembros quieren que las dos compitan por el cargo y eso es lo que va a tener que hacer usted para conseguirlo.

—Ya veo.

Al menos, todo se decidiría en cuestión de un mes. Intentaría hacerlo en menos tiempo y el cargo sería suyo. Porque estaba segura que su perfil sería el mejor. De eso no había duda. Se trataba sólo de un retraso en sus planes.

—Bien, ¿qué persona me han asignado?

Sir Rodney se puso las gafas y luego agarró una carpeta, la abrió y ojeó la información que contenía.

—Una persona muy interesante. Un individuo de Sydney cuyos negocios se han extendido por todo el mundo. Al parecer, un australiano de origen griego.

Un súbito temor se apoderó de ella. ¿Un australiano de origen griego de Sydney?

No, no podía ser.

Tenía que haber otras personas que se ajustaran a esa descripción.

Era imposible.

—Se llama Alexander Koutoufides. ¿Ha oído hablar de él?

A Saskia se le contrajeron todos los músculos. Casi no podía respirar. ¡Que si había oído hablar de él!

Era el hombre del que, estúpidamente, se había creído enamorada, el hombre que la había echado de la cama justo antes de destruir el negocio de su padre tan cruelmente.

¡Sí, había oído hablar de Alexander Koutoufides!

Y por nada en el mundo haría un perfil de ese hombre. No estaba dispuesta a volverle a ver, mucho menos a sentarse delante de él y hacerle preguntas.

—Se estaba haciendo famoso en el mundo de los negocios. De repente, hace ocho años, dejó de aparecer en actos públicos y prácticamente se convirtió en un ermitaño, aunque no por eso dejó de expandir sus negocios por el hemisferio norte, mientras se ha negado sistemáticamente a conceder entrevistas…

Saskia alzó una mano. No quería oír nada más.

–Lo siento, Sir Rodeney, pero no creo que sea buena idea que yo haga el perfil de Alexander Koutoufides.

Sir Rodney se inclinó hacia delante en su asiento.

–No le estoy pidiendo su parecer, le estoy diciendo cuál es su trabajo.

–No –insistió ella–. No voy a hacer el perfil de Alex Koutoufides.

El presidente se la quedó mirando con incredulidad antes de cerrar la carpeta.

–Saskia, ¿por qué quiere arriesgar su promoción?

–Porque conozco a Alexander Koutoufides.

Sir Rodney agrandó los ojos con deleite.

–¡Excelente! Eso le dará una gran ventaja sobre su contrincante. Tengo entendido que el señor Koutoufides siente una gran aprensión en lo que a los medios de comunicación se refiere; no obstante, no me extraña, dada la fama de su hermana y sus consabidas escapadas con un joven piloto de Fórmula Uno.

Saskia parpadeó al comprender el significado de las palabras de Sir Rodney.

–¿Marla Quartermain es la hermana de Alex Koutoufides? –Saskia había leído artículos sobre el asunto en la revista *Snap*. Recordaba vagamente que Alex tenía una hermana mayor, pero no la había conocido–. No cabe duda de que ha preferido mantenerlo lo más en secreto posible.

–Sí, desde luego. Le ha ayudado el hecho de que su hermana tiene el apellido de su primer marido, un individuo con el que se casó a los dieciséis años y del que se divorció en menos de un año. El primero en una larga lista de matrimonios fallidos y tristes aventuras amorosas –Sir Rodney suspiró–. Pero en esta ocasión ha debido ir demasiado lejos y Alex se ha visto obligado a intervenir. Uno de nuestros fotógrafos le vio sacando a su hermana de un hotel de Sydney por la entrada de servicio. Al principio, supuso que se trataba de una amante suya; pero al indagar, descubrió que era su hermana.

Saskia asimiló la información. La revista *Snap* no había mostrado demasiada comprensión hacia la hermana de Alex, por lo que no era de extrañar que éste hubiera intentado proteger a Marla.

–Teniendo en cuenta lo que *Snap* ha publicado sobre Marla, no creo que Alex se sienta inclinado a conceder una entrevista a *AlphaBiz*, aunque ambas revistas sean diametralmente opuestas.

Sir Rodney encogió los hombros.

–Por eso nos ayuda que tú le conozcas, ¿no te parece?

–No –Saskia sacudió la cabeza–. Alex Koutoufides…

Saskia se interrumpió para elegir bien sus palabras. Sir Rodney no necesitaba conocer todos los detalles de aquel sórdido asunto.

–Bueno, hace más de veinte años, el padre de Alex y el mío tenían negocios en Sydney, pero mi padre consiguió un contrato que hizo que el padre de Alex perdiera su negocio. Alex jamás se lo perdonó. Hace ocho años, Alex destruyó el negocio de mi padre. Es un hombre despiadado. Le odio con toda mi alma. Y no voy a hacer su perfil.

–No es posible que hable en serio, Saskia. ¡Tiene todos los ingredientes para hacer un perfil brillante! –el presidente de la junta la miró como si no pudiera creer lo que acababa de oír–. Jamás la he visto acobardarse ante nada. ¿De qué tiene miedo?

–¡No tengo miedo! Lo único que pasa es que no quiero volver a ver a ese hombre en mi vida.

–¿Por qué no lo considera una forma de vengarse de él por lo que le hizo a su padre? –Sir Rodney dio un manotazo en la mesa–. Descubra los trapos sucios de Alexander Koutoufides y sáquelos a la luz.

Sakia le lanzó una fulminante mirada.

–*AlphaBiz* no se dedica a los trapos sucios. Aunque da igual porque no voy a hacer el perfil de ese hombre.

–En ese caso, ¿renuncia al cargo?

–¿Por qué él? ¿No podría hacer el perfil de otra persona?

Sir Rodney se recostó en el respaldo del asiento.

–Supongo que a los miembros de la junta no les va a hacer mucha gracia, pero es posible que pudiéramos arreglarlo. Quizá pudiéramos hacer un intercambio, darle a usted el sujeto del perfil de Carmen y a ella el suyo.

En ese caso, Carmen haría el perfil de Alex. Y Carmen estaría encantada una vez que descubriera lo guapo que era Alex. Quizá decidiera hacer sus entrevistas con él en posición horizontal…

Casi podía verlo. Carmen con Alex, Carmen encima de Alex, con la boca en los pezones de su pecho. Y Alex cambiando de postura, encima de ella, buscando su entrepierna...

La bilis se agolpó en su garganta.

¡Carmen no sabía nada de Alex! Mientras que ella tenía ventaja. Sabía cómo era ese hombre.

Quizá Sir Rodney tuviera razón, quizá aquélla fuera la oportunidad de su vida para vengarse del hombre que había destrozado la vida de su padre y la había humillado a ella.

–Sir Rodney, es posible que me haya precipitado...

Sir Rodney volvió a inclinarse hacia delante.

–¿Lo va a hacer? ¿Va a hacer el perfil de Alex Koutoufides?

Saskia miró al presidente a los ojos, preguntándose aún en qué se iba a meter y por qué.

«Por mi padre», se respondió en silencio al instante.

«Por venganza».

–Sí, lo haré –respondió ella rápidamente para no darse tiempo a cambiar de idea–. ¿Cuándo tengo que marcharme?

Capítulo 2

ALEX Koutoufides se estaba haciendo de rogar. En las calles de Sydney corría el rumor de que estaba escondido, esperando a que pasara el interés del público por la última aventura amorosa de su hermana. Tenía su lógica, reconoció Saskia mientras recorría la playa de la pequeña cala en aquella exclusiva zona de Sydney Harbour. En unos días cualquier escándalo relacionado con otra persona famosa haría que la prensa se olvidara de la última indiscreción de Marla Quartermain. Aunque eso no le iba a valer de nada en lo que a ella se refería.

Pero como nadie le había visto desde el incidente del hotel y tampoco parecía que hubiera salido del país, Saskia se dejó llevar de una corazonada para localizarle. Por eso estaba allí, oculta por la vegetación que bordeaba la playa, contemplando aquella casa.

La casa a la que Alex la llevó ocho años atrás.

Saskia ignoró el vacío que sentía en el estómago mientras ojeaba la casa a la luz del atardecer.

Los garajes estaban cerrados cuando ella, un rato antes, había llamado al timbre de las puertas de la verja. Tampoco había logrado descubrir si aquella casa era propiedad de Alex o de alguna de sus empresas. Quizá nunca hubiera sido suya.

No obstante, el instinto le decía lo contrario; y a pesar del amargor que sentía en la boca al pensar en la posibilidad de ver a Alex Koutoufides, su búsqueda elevaba los niveles de adrenalina en sus venas. Podría no salir bien en esta ocasión, pero seguir su instinto le había dado resultados muy positivos en su carrera profesional.

Era evidente que Alex no quería que le encontraran. Y si nadie conocía aquella casa en la playa, ¿no era el lugar perfecto para mantenerse alejado de todo?

El edificio en sí era una maravilla arquitectónica de madera y cristal, encajaba en la colina como si formara parte de ella, y sus generosas terrazas ampliaban en espacio interior hacia el mar en todos los niveles del edificio. Y por lo que recordaba, el interior de la casa era igualmente impresionante.

Se sobresaltó al ver encenderse una luz en el interior. Sabía qué habitación era ésa. Había estado allí, desnuda en la enorme cama mientras la brisa del mar mecía las cortinas. Todavía recordaba la magia del momento. Todavía podía sentir el desaliento que le produjo el rechazo de Alex.

Cerró los párpados en un esfuerzo por eliminar aquellos amargos recuerdos. No podía dejar que siguieran haciéndole daño. ¡Lo había superado! Además, ahora tenía un asunto más importante entre manos. La casa no estaba vacía, había alguien dentro y ella tenía que acercarse.

Se subió el cuello de la chaqueta y se tocó la cabeza para asegurarse de que sus rebeldes rizos estaban recogidos dentro de la gorra; no quería que sus dorados destellos se hicieran visibles a la luz de la luna.

El ruido producido al descorrerse una puerta la hizo fijar su atención en aquel punto. Vio movimiento de cortinas y, rápidamente, se escondió tras unos arbustos en el momento en que una persona cubierta sólo con unos vaqueros salió a la terraza. Contuvo el aliento al reconocer aquella arrogante figura de anchos hombros y torso perfecto.

Saskia le miró al rostro. No, no cabía duda, era Alex, con sus morenas y esculpidas facciones.

Sintió odio y satisfacción simultáneamente. Había dado con su presa. ¡Había encontrado a Alex Koutoufides!

No había cambiado mucho. Su cara quizá era más delgada y más dura, la barbilla más pronunciada, como si no estuviera acostumbrado a sonreír, pero sus músculos parecían más poderosos. Bajó la mirada en busca de los cambios producidos por el tiempo, clavó los ojos en su pecho y en los oscuros pezones, y más abajo, hacia el oscuro vello que desaparecía bajo los pantalones vaqueros.

Las mismas caderas que una vez se encontraran entre sus piernas. Los mismos hombros sobre su cuerpo, preparándose para poseerla…

Saskia cambió de postura. Tenía la garganta seca y la instintiva reacción femenina de su cuerpo la enfadó. ¿Cómo se le había ocurrido pensar que podría olvidar lo que ocurrió años atrás? No, nunca lo olvidaría, no debía hacerlo, teniendo en cuenta la forma como él se había aprovechado de ella y había hecho que la empresa de su padre se viniera abajo.

Alzó la cámara digital y sacó dos fotos. A Sir Rodney le iba a encantar que ella hubiera localizado a su presa con tanta rapidez, pensó mientras volvía a meter la cámara en el bolso.

Iba a obligar a Alex a cooperar en el trabajo que ella tenía asignado, y eso le proporcionaría la seguridad económica para cuidar de su padre; de lo contrario, Alex tendría que aceptar la publicación de ciertos hechos que, por supuesto, no querría que salieran a la luz pública. Naturalmente, él podía elegir, pensó Saskia con una sonrisa.

Ahora, lo único que tenía que hacer era ascender la colina, meterse en su coche y vigilar.

Al ir a darse la vuelta, se tropezó con algo sólido, un trozo de madera muerta. Logró reprimir un grito instintivo, pero al perder el equilibrio, se agarró a una rama. No obstante, el trozo de madera cayó al mar haciendo ruido.

Era muy agradable respirar y sentir en el rostro la fresca brisa del mar. Los últimos días allí, con Marla quejándose incesantemente, estaban empezando a desquiciarle. Pero… ¿qué alternativa tenía? Los paparazzi no dejaban de merodear alrededor de sus oficinas en Sydney en busca de noticias, y de ninguna forma podía permitir que se acercaran a Marla. Ni siquiera estaba seguro de que esa casa en la playa permaneciera siendo un secreto durante mucho más tiempo, hacía tan sólo una hora que alguien había llamado a la puerta. ¿Una equivocación? Lo dudaba.

Pero pronto saldrían de allí, en el momento en que recibiera la llamada que le confirmara que Marla tenía una plaza en la clínica cerca del lago Tahoe. Se trataba de una clínica privada exclusiva que también funcionaba como centro de relajación y balneario. Allí, Marla estaría a salvo de la prensa y entretenida las veinticuatro horas del día. Tenis, masajes, cirugía plástica… podía elegir lo que quisiera. Cuando saliera, los medios de comunicación ya se habrían olvidado de ella. Y, quizá, lograra encaminar su vida.

Con un poco se suerte, Marla se marcharía al día siguiente, en un avión, sin que nadie la hubiera descubierto.

Miró la playa. Al menos por el momento, allí estaban a salvo.

De repente, lo oyó. Algo había caído al agua. ¿Un intruso?

—Alex —le llamó Marla desde el interior de la casa—. Alex, ¿dónde estás? ¿Qué voy a necesitar para…?

—¡No te muevas de donde estás! —le ordenó él—. Ahora mismo vuelvo.

Volvió a pasear la vista por la playa antes de apartarse de la barandilla de la terraza y cerrar la puerta de cristales firmemente.

Saskia sabía que Alex no la había visto. Ahora, lo que tenía que hacer era subir la colina rápidamente, volver a llamar a la puerta y, si él no abría, quedarse a esperar hasta que se cansara.

En la oscuridad, buscó la entrada al camino entre los arbustos. Aún estaba tratando de encontrarla cuando oyó unos pasos a sus espaldas.

De repente, una mano la agarró del brazo con firmeza. Ella trató de zafarse, pero se tropezó. Sintió el peso de su asaltante que, tirándola, la hizo rodar hasta la playa.

Casi no podía respirar; tenía el rostro enterrado en la arena y uno de sus brazos sujeto con dureza a su espalda. Sintió una punzada de dolor en el hombro.

–¿Quién es usted y qué demonios quiere?

Conocía a la persona que le estaba hablando. Saskia alzó la cabeza.

–Me estás haciendo daño.

–¿Qué…?

Al instante, Alex la soltó y se levantó, horrorizado de haber atacado físicamente a una mujer. No había imaginado que debajo de esa chaqueta negra y esa gorra se escondiera una mujer.

–¿Qué está haciendo aquí? Ésta es una playa privada.

Saskia, dolorida, se dio media vuelta y luego se incorporó hasta quedar sentada en la arena. Le miró fijamente y Alex frunció el ceño mientras la contemplaba. Por fin, ella esbozó una sonrisa burlona, mirándole a los ojos.

–He venido a verte, Alex.

Los ojos de él se agrandaron al reconocerla.

–*Theos!* –estalló él–. ¿Qué demonios estás haciendo aquí?

–He venido para entrevistarte –respondió Saskia con calma. Después, se puso en pie y se sacudió la arena del cuerpo–. Pero antes tenía que encontrarte y, al parecer, lo he conseguido.

Antes de acabar la frase, Alex le había agarrado el bolso que llevaba colgado al hombro y estaba examinando su contenido.

–¡Eh! –protestó Saskia, forcejeando por recuperar el control de su bolso–. ¿Qué haces?

Pero Alex ya había encontrado su teléfono móvil y su cámara, dejándole la bolsa como premio de consolación. Cuando Saskia se dio cuenta de lo que él quería, Alex ya había encendido la cámara.

Una creciente furia corrió por sus venas al verle encontrar las fotos que le había sacado cuando estaba en la terraza.

–*Vlaka!* –exclamó Alex, maldiciéndose a sí mismo por semejante descuido.

Como había sospechado, aquélla no era una inocente visita. Y ahora que una de las aves de presa les había encontrado, podía esperar la presencia de un ejército de paparazzis. Marla ya no estaba a salvo allí. Él tampoco.

Alex sacó de la cámara la tarjeta de memoria y la lanzó al mar.

–¡No tienes derecho a hacer eso!

–Acabo de hacerlo.

Alex miró fijamente… a aquel fantasma del pasado. La pequeña Saskia Prentice se había transformado en una mujer. Por supuesto, los mismos rizos que adornaban un rostro en forma de corazón, la misma boca amplia y la misma piel blanca rodeando los ojos más verdes que había visto en su vida; no obstante, las curvas que se adivinaban debajo de la chaqueta parecían indicar que la transformación de adolescente a mujer había sido generosa con ella. Lo único que había desaparecido era la inocencia de sus ojos; en ellos, sólo veía un frío y duro cinismo.

Durante unos momentos, se preguntó hasta qué punto se debía a él. Pero rechazó la idea inmediatamente. No, el trabajo que Saskia había elegido era el responsable. Nadie podía permanecer inocente en ese tipo de trabajo.

Un tipo de trabajo que él aborrecía.

—Eres reportera —dijo Alex, metiéndose el teléfono móvil y la cámara en el bolsillo de la camisa que, apresuradamente, se había puesto dentro de la casa antes de salir. Esperaba que Saskia no tomara sus palabras a modo de cumplido, porque no lo era—. Supongo que no debería sorprenderme que alguien como tú acabara trabajando para la prensa basura.

—Soy periodista —dijo ella, enfatizando sus palabras, con ojos aún más fríos—. Trabajo en una revista de negocios. Y ahora que ya has hecho lo que querías con mi teléfono y mi cámara, ¿te importaría devolvérmelos?

—¿Y darte otra oportunidad de sacarme una foto más o de llamar por teléfono a tus colegas? —Alex sabía muy bien qué clase de revistas se dedicaban a perseguir a los ricos y famosos. También sabía cómo se comportaban, persiguiendo a sus presas como aves de rapiña, esperando hacer dinero a costa de sacar a la luz pública la vida privada de alguien. Parásitos, todos ellos.

–¿Cómo iba a hacerlo? Has tirado la tarjeta de memoria al mar.

–¿Los reporteros no lleváis siempre una de repuesto? No, ni hablar, no voy a dártelos. Dame tu tarjeta y haré que te los envíen.

–¡Es mi propiedad! No voy a marcharme sin mi cámara y mi teléfono móvil.

–En estos momentos estás en *mí* propiedad y no recuerdo haberte dado permiso para entrar, mucho menos para que me saques fotos con intención de vendérselas al mejor postor. Estoy harto de los parásitos como tú persiguiendo a Marla, esperando a la mínima oportunidad para destruirla.

–¡Yo jamás haría eso! Como ya te he dicho, trabajo para la revista…

–Estupendo –le interrumpió Alex, sin creerle ni una palabra–. En ese caso, no te supondrá un problema no tener esas fotos. Dime, ¿quién te ha dicho que estaba aquí?

Saskia se lo quedó mirando, con las manos en las caderas.

–No me lo ha dicho nadie.

–En ese caso, ¿cómo sabías que estaba aquí?

Ella sonrió sarcásticamente.

–Se me ocurrió pasar por aquí… recordando los viejos tiempos. No has olvidado esa noche, ¿o sí? Lo pasamos tan bien…

Alex la miró, furioso.

¿Olvidar aquella noche? Imposible. Aunque lo había intentado repetidamente, el recuerdo de aquella noche era como una mancha indeleble en su psique. Había sido una equivocación, una gran equivocación. Y ahora Saskia había vuelto, un recuerdo en tres dimensiones del pasado. ¡Qué idiota había sido al llevarla a aquella casa!

Pero fuera lo que fuese lo que Saskia quería de él, se iba a marchar por donde había venido. Estaba en un error si pensaba que lo ocurrido años atrás le iba a permitir la entrada en su vida privada ahora.

—Quiero que te vayas inmediatamente.

—Y yo lo único que quiero es una entrevista.

—Estás perdiendo el tiempo. Mi hermana no concede entrevistas.

—No quiero hablar con tu hermana. A mi revista quien le interesa eres tú.

—Sí, seguro —dijo Alex, conduciéndola hacia el empinado camino—. Y ahora, vete si no quieres que llame a la policía para que te saquen de aquí.

—No voy a ir a ninguna parte sin conseguir hacerte un perfil.

—¿Y así es como pensabas conseguirlo, escondiéndote entre los arbustos como un paparazzi?

—Tenía que averiguar si estabas aquí. Además, primero he llamado a la puerta, pero tú no has abierto.

—¿No se te ha ocurrido pensar que quizá no quisiera hablar con nadie?

—Tienes que acceder a concederme la entrevista.

—De ninguna manera. Si de verdad tuvieras algo que ver con el mundo de los negocios, sabrías que no concedo entrevistas ni permito que me hagan un perfil.

—Esta vez lo harás. Trabajo en la revista *Alpha-Biz*…

—Eh, espera un momento —Alex se detuvo—. ¿Esa revista no forma parte del grupo Snapmedia? ¿Esa panda de parásitos dedicados a sacar los trapos sucios de la vida privada de la gente? Sabía que no podía fiarme.

—¡Yo trabajo en *AlphaBiz*! Es una revista de negocios.

—¡Pero que pertenece al mismo grupo de *Snap*! Parte de la prensa basura. Y no finjas ser algo especial, no me lo voy a tragar.

—Tienes que escucharme…

—No tengo que escuchar nada. Tú, sin embargo, sí tienes que marcharte de aquí ahora mismo —Alex se le acercó, dejándole claro que quería que se diera media vuelta y se alejara de allí a toda prisa—. Adiós, señorita Prentice. Ten cuidado, el camino es pedregoso.

Pero Saskia no se movió. Y deseó ser más alta, deseó no sentirse intimidada por el tamaño y la proximidad de él, deseó que el calor que emanaba del cuerpo de Alex no le estuviera turbando el sentido.

—Alex, te aseguro que no quieres que me marche.

—En eso te equivocas.

—Aunque no aceptes que te haga un perfil, tendré que hacerlo… y me veré obligada a escribir lo que pueda, lo que sepa. No es posible que quieras eso.

Alex lanzó un juramento.

—No me cabe duda de que eso es lo que vas a hacer, tanto si acepto a que me entrevistes como si no.

—Escribiré que me has atacado.

—Adelante, hazlo. Estabas en mi propiedad vestida como una vulgar ladrona.

Saskia respiró profundamente, haciendo acopio del valor necesario para decir:

—En ese caso, escribiré sobre tu falta de escrúpulos en los negocios. Acabarás teniéndote que olvidar de tu vida de recluso; la prensa del mundo entero te acechará.

Alex se le acercó aún más y la miró con un frío gélido en sus ojos. Pero ella no retrocedió, sino que aceptó el reto.

—¿A qué demonios te refieres?

—De ser el hombre de negocios transparente como el agua, acabarás siendo maldecido. Cuando acabe contigo, no te atreverás a aparecer en público.

—¡Eso es una fanfarronada! —declaró Alex, a pesar de empezar a sentir cierta angustia.

—¿Eso crees? Bien, vuelve a tu casa. Estoy deseando publicar la triste verdad de cómo haces tus negocios, de cómo compras empresas y de cómo te gusta celebrar tus victorias, humillando al contrincante, seduciendo y rechazando a sus hijas.

Capítulo 3

LA FURIA oscureció los ojos de Alex, su expresión llena de odio.

–Así que no tenías nada que ver con la prensa basura, ¿eh?

–Estoy hablando de contar la verdad, de contar cómo fue y de decir lo que me hiciste a mí justo el día antes de destruir la empresa de mi padre y destrozarle la vida –respondió ella con fingida calma.

–¿Se puede saber qué te hice exactamente?

–¡Te aprovechaste de mí!

–¿Vas a contar en tu revista que te violé?

–¡No! Jamás diría eso. Aunque no dudo que te gustaría imaginar que no hubo ninguna relación sexual entre los dos.

–Fuimos a la cama juntos y, si no recuerdo mal, tú estabas encantada de hacerlo.

–¡Y tú! Al menos, eso creí en su momento.

Alex empequeñeció los ojos.

–¿Por eso estás tan enfadada conmigo, porque no acabé lo que empecé?

Saskia parpadeó al reconocer parte de la verdad.

–¿Va a ser ése el título del artículo? *Hombre rechaza desvirgar a mujer*. ¿Qué quieres realmente, condenarme o hacer que parezca un santo?

–Que te detuvieras o no es irrelevante. La cuestión es que me llevaste a la cama.

–No. ¡No sé cuántos hombres no se habrían aprovechado de lo que tan fácilmente se les ofrecía en bandeja de plata! ¡Sólo te faltó ponerte de rodillas y suplicarme!

–¡La cuestión no es ésa! –protestó Saskia.

¿Era eso lo que Alex creía? ¿Era sí como recordaba lo sucedido? No había sido así; al menos, no para ella.

De repente, la situación había derivado a temas demasiado personales, demasiado dolorosos que abrían antiguas heridas. ¿Qué importancia tenía que no hubieran llegado a consumar el acto sexual? Les había faltado poco y el rechazo de Alex la había hecho sentirse violada. La había utilizado y luego la había despedido.

–En ese caso, ¿cuál es la maldita cuestión? –quiso saber Alex.

–De no haber sido porque querías hacerte con la empresa de mi padre, no me habrías llevado a la cama –consiguió decir ella–. Para ti no era suficiente acabar con el negocio de mi padre, tenías que humillarle a él y al resto de su familia.

Los ojos de Alex se iluminaron peligrosamente y Saskia se dio cuenta de que tenía razón. Pero no vio señales victoriosas en la confirmación de él.

–No puedes publicar eso –le susurró él con intensidad–. No tienes ni idea a lo que te expondrías.

Saskia advirtió la amenaza en su voz.

–¡Demuéstramelo! –le retó ella. El hecho de que le estuviera amenazando significaba que Alex tenía miedo de lo que ella pudiera revelar, tenía miedo del impacto que ello pudiera tener en sus negocios–. El mundo entero va a descubrir qué clase de hombre eres. Además, ¿crees que eso va a ayudar mucho a tu hermana? Buenas noches, Alex. Que duermas bien.

Saskia se dio media vuelta, y él lanzó una maldición. ¡Maldita mujer! Justo cuando Marla estaba prácticamente a salvo. Justo cuando él estaba a punto de alejarla de la prensa basura, esa misma prensa basura se iba a volver contra él. Y sólo había una forma de evitarlo.

Alex la agarró del brazo, deteniéndola, cuando Saskia apenas había dado dos pasos.

–Espera.

Ella bajó la mirada y la clavó en la mano de Alex, sus ojos esmeralda fríos y mortales.

–No me gusta que me toques.

Alex la soltó.

–¿Quién me va a garantizar que, aunque acceda a la entrevista, no vas a publicar esa basura?

–Yo. Te doy mi palabra.

–¿Por qué iba a fiarme de tu palabra?

–¿En serio piensas que quiero que la gente se entere de lo que me hiciste? Pero no te hagas ilusiones, lo utilizaré si no me queda más remedio. Sin embargo, si me concedes la entrevista para hacerte el perfil, nadie se enterará de lo sinvergüenza que eres ni de lo idiota que yo fui.

–En ese caso, te concederé la entrevista.

Saskia parpadeó.

–Está bien –dijo ella por fin–. ¿Cuándo tendrás

tiempo para que hablemos de los detalles? No te molestaré en la medida de lo posible, pero necesitamos tiempo para entrevistas cara a cara.

—Eh, espera. He accedido a que me entrevistes, nada más.

—Pero...

—Y te concedo diez minutos. A partir de ahora mismo.

—¡No! No es así como trabajo. No puedo hacer un perfil sobre ti en diez minutos.

—En ese caso, ¿cuánto tiempo necesitas?

—Una semana por lo menos. A veces, más. Depende de cómo se muestre de cooperativo el sujeto de la entrevista. Necesito ver cómo trabajas, acceso a tus oficinas.

—¿Una semana? Ni hablar, no hay trato. Ni siquiera voy a estar aquí, en Australia.

Los ojos de ella se endurecieron.

—Entonces no tenemos nada más que decirnos. O el perfil o ya verás lo que escribo sobre ti. Y te lo advierto, va a ser muy bueno... aunque no para ti.

¿Por qué demonios tenía que aparecer esa mujer en su vida otra vez?

El teléfono móvil que llevaba en el bolsillo del pantalón sonó tres veces. Sin mover los ojos, se lo sacó del bolsillo y se lo llevó al oído, sabía que era Jake.

—Sí.

Alex se quedó escuchando unos momentos sin desviar la mirada de ella. Sintió una gran satisfacción al oír que en veinticuatro horas Marla estaría a salvo en los Estados Unidos. Pero lo que oyó después le preocupó.

–¿Qué quieres decir con eso de «un cebo»?

–El aeropuerto está lleno de reporteros –argumentó Jake Wetherill–. Podríamos llevar a Marla en helicóptero a Brisbane y salir desde allí a los Estados Unidos, pero no es seguro que ahí no haya periodistas. Sin embargo, si se nos ocurriera algo que centrara en ti la atención, Marla podría escabullirse sin que nadie la viera.

Los ojos de Alex se empequeñecieron mientras miraba a Saskia.

–Una cebo, ¿eh? –repitió Alex mientras le pasaba por la cabeza una loca idea. Quizá funcionara. Y podría ayudarle en otros sentidos…–. De acuerdo.

Alex cortó la comunicación y volvió a meterse el móvil en el bolsillo del pantalón.

Saskia le miró con aprensión al verle sonreír.

–¿Qué pasa?

–Será mejor que me acompañes –dijo él, agarrándole de la muñeca–. Tienes que estar lista en breve.

–¿Estar lista para qué? ¿Qué te propones?

–Al final, vas a conseguir tu perfil.

Saskia hincó los talones en la arena; no se fiaba de él.

–¿Qué tengo que hacer para conseguirlo? ¿Qué es eso del «cebo»?

Alex tiró de ella, obligándola a seguirle el paso.

–Voy a hacer un trato contigo. Tú consigues tu perfil y, a cambio, haces algo por mí.

–¿Qué?

Alex se detuvo.

–Haces demasiadas preguntas.

–Soy periodista –argumentó ella–. Forma parte de mi trabajo.

–Y lo único que te propongo es darte la oportunidad de que lo hagas.

–¿Qué tengo que hacer para conseguirlo?

Alex la miró y, durante unos locos segundos, sintió deseos de besarla.

Debía de estar loco.

Levantó los ojos hacia el firmamento para romper el contacto, para romper el hechizo de esos ojos verdes, y volvió a tirar de ella en dirección hacia la casa.

–Mañana nos vamos a los Estados Unidos. ¿Tienes el pasaporte a mano?

–En el hotel. Pero… ¿a los Estados Unidos? ¿Por qué?

–¿Importa mucho dónde te conceda las entrevistas para que puedas hacerme un perfil?

–No, pero…

–En ese caso, enviaré a alguien para que vaya a recoger tus cosas. Te vienes conmigo. Querías una semana y la has conseguido. Lo único que te pido a cambio es que me ayudes a embarcar a Marla en un avión sin que nadie la descubra.

–¿Ése es el «cebo» al que te referías?

–Chica lista.

–¿Y qué se supone que tengo que hacer?

–Simplemente pasearte por el aeropuerto conmigo tranquilamente. Los reporteros aún andan buscando a Marla; pues bien, quiero que me vean andando por el aeropuerto contigo… agarrados de la mano.

Saskia, por fin, entendió el significado de esas palabras.

—¿Tú y yo? —Saskia sacudió la cabeza tras hacer la pregunta—. Quieres que piensen que hay algo entre los dos, ¿verdad? Que soy tu amante o algo por el estilo, ¿no es eso?

Alex se permitió una sonrisa. Saskia había pronunciado la palabra amante como si fuera un misil, y se dio cuenta de que había encontrado la persona perfecta para lo que se proponía. Ocurriera lo que ocurriese al día siguiente, fuera lo que fuese lo que tuviera que hacer para convencer a los de la prensa que eran una pareja, Saskia jamás le exigiría después convertir en realidad aquel teatro.

—¡Te has vuelto loco!

—Todo lo contrario, es el plan perfecto. Tú me acompañas y consigues tu deseado perfil y Marla sale del país sin que nadie le moleste.

—No funcionará. Yo no podría… no podría…

—¿Qué es lo que no podrías, Saskia? —Alex le pasó la mano por el brazo hasta el hombro; después, le rodeó el cuello mientras observaba los párpados de Saskia moverse al sentir el contacto de su piel—. ¿Fingir que te gusto? Creo que los dos sabemos que eso no es verdad. Creo que, si vuelves la vista al pasado, recordarás lo fácil que te resultaba que yo te gustara.

Saskia parpadeó furiosamente, pero su rápido movimiento de cuello no logró deshacerse de la mano de él.

–¡Eso fue hace años! Me niego a fingir que me gustes; sobre todo, después de lo que le hiciste a mi familia, después de saber de lo que eres capaz. «¡Y mucho menos odiándote como te odio!».

–Y a pesar de todo, estás aquí –Alex le acarició la piel del cuello, maravillándose de su aterciopelada textura, sintiendo el acelerado pulso de ella–. ¿No te parece extraño? Si realmente me odiaras, ¿por qué aceptaste este trabajo?

–¡No me dieron alternativa! Tengo que hacerlo para avanzar en mi carrera profesional. Te aseguro que no me ofrecí voluntaria.

–¿No te dieron alternativa? ¿Y por eso estás aquí?

Una sombra cruzó los ojos de Saskia, pero permaneció quieta, sin moverse. Se limitó a mirarle fijamente, con cólera en los ojos.

–No, no es la única razón –le espetó ella con veneno en su voz–. Una vez que supe que no tenía más remedio que venir, me alegré de que se me presentara la oportunidad de hacer algo que pudiera provocar tu caída.

¿Así que le odiaba realmente? Mucho mejor.

–Siento decepcionarte –dijo Alex–. Bueno, ¿hay trato o no? ¿Mi perfil a cambio de tu cooperación?

Por fin, Saskia asintió.

–Estupendo. En ese caso, tan pronto como Marla esté a salvo y tú hayas hecho tu perfil, volverás al lugar de donde has venido con tu trabajo hecho.

–De acuerdo –respondió Saskia.

–Sólo una condición –añadió Alex.

–¿Cuál?

–No hablarás con Marla. Ni esta noche ni en ningún momento. No hablarás con Marla ni le sacarás fotos. ¿Entendido?

Los ojos de Saskia mostraron alivio.

–Ya te he dicho que no he venido para entrevistar a Marla, sino a ti.

Alex la miró fríamente.

–Asegúrate de que es así –dijo él después de unos momentos–. De lo contrario, te arrepentirás.

A pesar de la condición que Alex le había puesto, Marla estaba presente cuando entraron en la casa.

–¿Había alguien ahí fuera? –preguntó Marla con curiosidad.

Pero Alex hizo un gesto a Saskia para que no se adentrara en la casa.

–Una visita imprevista –Alex agarró el brazo de Saskia con fuerza como si tuviera miedo de que ésta se abalanzara sobre Marla–. Marla, te ruego que no te acerques a ella. Voy a llevarla a la zona de los invitados y no se moverá de allí.

–¿Quién es?

–Una reportera –respondió él como si esas dos palabras le hubieran amargado la boca–. Nadie que deba preocuparte…

–Soy periodista –interrumpió Saskia, harta de que hablaran de ella como si no estuviera presente y consciente de la expresión de temor que había aparecido en las facciones de Marla–. He venido a hacerle una entrevista a Alex. Trabajo para la revista *AlphaBiz* y me llamo…

–¡Eso no importa! –le interrumpió Alex volviendo el rostro hacia ella para lanzarle una mirada asesina. Luego, se dirigió de nuevo a su hermana–. Y diga lo que diga, no vamos a correr ningún riesgo. No hables con ella. Y pase lo que pase, no contestes a ninguna pregunta.

Saskia notó que Marla la miraba con miedo. Sin el maquillaje con que estaba acostumbrada a verla en las fotos de las revistas, Marla presentaba un aspecto vulnerable; su rostro se veía pálido y sus ojos eran grandes e inocentes.

–En ese caso, ¿por qué está aquí?

Alex ya estaba tirando de Saskia hacia unas escaleras.

–Va a ayudarnos con lo del aeropuerto mañana para que no te descubran; a cambio, le concederé las entrevistas que dice que quiere. Ella y yo iremos por delante; entre tanto, Jake se encargará de ti.

–¡No quiero que Jake me acompañe! –gritó Marla–. No le soporto. ¡No necesito una niñera!

–¡Harás lo que yo te diga! –respondió Alex, volviendo la cabeza.

Alex continuó ascendiendo la escalera, tirando de Saskia, y no la soltó hasta que no llegaron a un salón en el piso superior.

Allí, Alex cerró la puerta mientras ella, frotándose el brazo, miró a su alrededor, fijándose en el suave decorado de colores cafés y cremas. Supuso que, tras las cortinas de los ventanales, se desplegaba una impresionante vista del puerto. Al otro lado de una puerta abierta vio un dormitorio, la enorme cama le recordó otra cama en aquella misma casa, en otro lugar en el tiempo...

No, Alex no la había llevado allí para continuar donde lo dejaron años atrás. Además, de ninguna manera ella lo permitiría.

—No quiero que salgas de estas habitaciones. Haré que te traigan algo de comer.

—¿Es que voy a ser tu prisionera?

Los ojos de Alex eran dos pozos oscuros y su mirada impenetrable.

—Tienes todo lo que puedas necesitar. Hay un cuarto de baño adyacente a la habitación. No es necesario que salgas para nada.

—Necesito mi equipaje. Además, tengo que devolver el coche que he alquilado. No puedo hacer ninguna de las dos cosas sin salir de aquí.

—Dame las llaves. Yo me encargaré de tu equipaje y de devolver el coche.

—¡No quiero que nadie revuelva en mis cosas! Quiero ser yo quien recoja mi equipaje.

—No vas a salir de aquí hasta mañana. Y, hasta entonces, harás lo que yo te diga.

—¿Te gusta mangonear a las mujeres y decirles lo que pueden hacer o dejar de hacer? Ni siquiera le permites a tu hermana decidir con quién habla o con quién viaja.

—¡Deja en paz a mi hermana!

—Yo jamás permitiría que mi hermano me tratara como tú le tratas a ella. No comprendo cómo te lo aguanta. Si fueras mi hermano, te mandaría al infierno.

—Como te he dicho, no es asunto tuyo. Tú no sabes nada de nada de este asunto, y será mejor que te mantengas al margen. ¿Lo has entendido?

—Lo que he entendido es que a tu hermana le daría igual protestar que no; tú no le escucharías.

—Para ser alguien que confiesa no estar interesada en mi hermana, parece preocuparte demasiado el tema.

—¿Te extraña? Teniendo en cuenta que estoy en la misma casa que ella, claro. ¡Marla no es invisible!

—El hecho de que estés aquí se debe exclusivamente a que quiero que Marla salga del país sin que los paparazzi se enteren. Si se consigue, tendrás las entrevistas que necesitas para hacerme el perfil que, según tú, necesitas hacer. De lo contrario, no hay trato. ¿Entendido?

—Perfectamente —respondió Saskia—. Pero no olvides que, como des un paso en falso, escribiré un artículo que afectará muy negativamente a tus negocios.

Los ojos de Alex se tornaron furiosos. Durante un momento, Saskia sintió el resentimiento que emanaba de ellos como si fuera algo palpable. Pero, súbitamente, algo diferente asomó a esos ojos, acompañado de una sonrisa.

—Me alegro de que nos entendamos tan bien. Te traerán el equipaje más tarde. Hasta entonces, buenas noches.

La terminal internacional del aeropuerto de Sydney estaba abarrotada de gente cuando la negra limusina se detuvo delante de las puertas de *Salidas*. Saskia respiró profundamente mientras esperaba a que el chófer le abriera la puerta, lista para representar el papel de amante de Alex. ¿Amante de Alex? ¡Ja, ja! Después de la forma como le había tratado la noche anterior, le saldría mucho mejor representar el papel de la peor enemiga de Alex. Sin embargo, con un poco de suerte, nadie les prestaría atención y ella lograría salir del paso limitándose a ir de la mano de él.

Pero cuando lanzó una mirada soslayada al hombre sentado a su lado, se dio cuenta de que pasar desapercibidos les resultaría imposible. Descontando la llegada en limusina al aeropuerto, un hombre del porte y la estatura de Alex no podía pasar desapercibido de ninguna manera. Además de su morena belleza y ropa elegante, ese hombre emanaba poder, atrayendo la atención de la gente como un imán. Además, ¿no era llamar la atención lo que Alex pretendía? Lo contrario era imposible.

Alex fue el primero en salir del coche. Después, acercándosele, le ofreció una mano, sus ojos ocultos tras las gafas de sol.

–¿Lista? –preguntó él.

Saskia había creído estarlo, pero vaciló momentáneamente antes de darle la mano.

«Tranquila, es sólo de cara a la galería», se dijo a sí misma. «Es por mi perfil. Después, me marcharé y jamás volveré a verle».

Saskia le dio la mano e hizo lo que pudo por ignorar el cálido cosquilleo de su piel cuando él cerró los dedos sobre los suyos con suavidad y firmeza al mismo tiempo mientras la alejaba del coche.

Saskia miró nerviosa en torno suyo en un intento

por distraerse, por olvidarse del hombre que tenía a su lado mientras el conductor de la limusina descargaba el equipaje y lo colocaba en un carrito. Parecía estar llevándole mucho tiempo; sin duda, para llamar la atención de los miembros de la prensa. Ya habían llamado la atención de varias personas, que les miraban y murmuraban. Ella volvió la cabeza, consciente de que unos doce coches detrás del suyo iba el de Marla. La hermana de Alex llevaba melena negra, en contraposición con sus cabellos normalmente teñidos de rubio platino, y un traje de corte sobrio. Jake le acompañaba y ambos estaban esperando a que ella y Alex cautivaran la atención de la prensa con el fin de facturar su equipaje y pasar los trámites de aduana en anonimato.

–¿Sabías que estás preciosa hoy?

Sobresaltada, Saskia volvió la cabeza al oír las palabras de Alex; pero la expresión que vio en él no parecía acompañar a sus palabras. Eran parte del papel que estaban representando. Además, a ella no le importaba lo que Alex pensase. Pero entonces, la mano que él tenía libre le recogió unos rizos detrás de un oído con movimientos suaves y, simultáneamente, viriles, haciendo que los latidos de su corazón se aceleraran.

¡No podía permitir que ese hombre le afectara de aquella manera! Años atrás lo había hecho y había sido el mayor error de su vida.

Alex le había exasperado aquella mañana al hacerle cambiarse de ropa dos veces, al obligarle a deshacerse de los prácticos trajes que llevaba en su equipaje y al hacer que le enviasen ropa a la casa de una famosa boutique. Después, él mismo había elegido el vestido que debía llevar puesto, había enviado a una peluquera a la casa para arreglarle el cabello. En definitiva, la había convertido en la mujer con la que aceptaba ser fotografiado; y, a pesar suyo, ella tenía que admitir que le gustaba el resultado final. Se sentía guapa, incluso hermosa.

Saskia intentó apartarse de Alex ligeramente; pero él, rodeándole los hombros con un brazo, se lo impidió.

—Tranquila —le murmuró Alex al oído—. Necesitamos ser convincentes.

Entonces, Alex se quitó las gafas de sol y la miró como si fuera la única cosa importante en el mundo para él.

Saskia sintió un vuelco en el estómago. Conocía esa mirada, sabía la pasión que podía despertar. También sabía que esos ojos podían transformarse en dos pozos fríos y crueles.

«No puedo seguir con esto», pensó Saskia.

Al instante, vio los ojos de Alex tornarse duros, y Saskia se dio cuenta de que había dado voz a sus pensamientos.

—Tienes que hacerlo. Hemos hecho un trato —declaró Alex.

Saskia parpadeó. Sí, Alex tenía razón, podía hacerlo. Tenía que hacerlo porque no le quedaba otra alternativa.

Además, Alex no podía hacerle daño porque ella ahora sabía la clase de hombre que era.

No, no iba a permitirle que la manipulase.

Apenas habían dado una docena de pasos en la

terminal cuando todo empezó. A pesar de que el mostrador de facturación de primera clase era rápido y eficiente, en el momento en que se apartaron de él con las tarjetas de embarque se encontraron delante de un grupo de fotógrafos, tanto aficionados como profesionales, que parecían haber aparecido como por arte de magia.

—Aquí están los buitres —le dijo Alex, agarrándola del brazo e ignorando las llamadas de los fotógrafos que querían atraer su atención—. Vamos.

—¿Cómo está Marla? —gritó alguien.

—¿Dónde está? —preguntó otro individuo, acercando a Alex un micrófono.

Alex apartó el aparato.

—Esperaba que me lo pudieran decir ustedes —respondió Alex sarcásticamente—. Parecen saberlo todo sobre ella.

Alex continuó avanzando hacia los mostradores de la policía.

Saskia le siguió, protegida por el poderoso brazo que Alex había colocado sobre sus hombros. Las preguntas continuaron acompañadas de los destellos de las cámaras fotográficas. No le sorprendía que Alex hubiera querido proteger a Marla de aquellas personas.

Sobre el mar de cabezas y de cámaras alzadas, apareció la promesa de la entrada a la zona de recepción de los pasajeros de primera clase. Pero desapareció rápidamente, cuando Alex la condujo hacia uno de los bares más próximos.

¿Qué demonios estaba haciendo?, pensó ella.

—¿Quién es su amiga? —preguntó un intrépido re-

portero; al parecer, cansado de no obtener respuesta
a las preguntas sobre Marla–. No es frecuente ver en
un lugar público al soltero más codiciado de Australia, y mucho menos en compañía de una mujer.

Al instante, la pregunta provocó la reacción que
Alex había esperado, y los demás reporteros empezaron a preguntar sobre Saskia en vez de Marla. Él
le sonrió después de haber pedido champán a una
camarera.

–Sin comentarios –dijo Alex a los reporteros.

Como era de prever, los periodistas empezaron
a acosarla a preguntas. Saskia echó hacia atrás la
cabeza en un intento por apartarse de los micrófo-
nos que le estaban poniendo delante y de las inter-
minables preguntas.

Alex alzó una mano para protegerla de los reporteros mientras, con la otra mano, tomaba una de
las de ella.

–Saskia es una buena amiga, nada más.

Pero la mirada que Alex le lanzó, de cara a la
galería, fue puro pecado. Bajo el diminuto sujeta-
dor, los pezones se le irguieron y un calor líquido
le corrió por el cuerpo. Casi no podía respirar.

No obstante, Saskia se recordó a sí misma que
era parte de la representación mientras las cámaras
seguían fotografiándoles.

Sonrió enigmáticamente a las cámaras. Pronto
estarían lejos de ahí, misión cumplida. Marla y
Jake debían de estar ya en la zona reservada a los
pasajeros de primera clase y, afortunadamente,
aquel teatro habría acabado.

–¿Te parece que deberíamos decírselo, cielo?

Las palabras de Alex la sacaron de su ensimismamiento. ¿Cielo? ¿Decirles… qué? Un escalofrío le recorrió el cuerpo.

—Alex… —susurró ella, buscando en la expresión de Alex algo que le dijera que el juego estaba a punto de terminar.

Sin embargo, el instinto le decía que Alex no era la clase de hombre que se transformaba de lobo en caballero andante.

—Lo sé, lo sé —dijo él, acariciándole una pierna. Excitándola. Despertando una pasión no deseada.

—Bueno, ya sé que queríamos que siguiera siendo un secreto; al menos, durante algún tiempo más.

—¿Que fuera un secreto qué, señor Koutoufides? —preguntó uno de los reporteros, anticipando una gran noticia—. ¿Que son algo más que amigos?

Saskia sintió una oleada de pánico. ¿A qué demonios estaba jugando Alex? Ella estaba cumpliendo con su parte del trato, ¿no le parecía suficiente a Alex?

Saskia forzó una sonrisa; no obstante, se inclinó hacia él y le preguntó con furia contenida.

—¡Esto no formaba parte del plan!

Alex le besó la sien antes de responder:

—Lo sé, cariño. Pero… ¿por qué esperar?

Alex sirvió más champán y pidió media docena más de botellas para invitar a los miembros de la prensa.

—Señoras y caballeros —dijo Alex, poniéndose en pie y obligando a Saskia a seguirle—. Es un placer anunciarles que la señorita Prentice ha accedido a ser mi esposa.

Capítulo 4

DE REPENTE, se levantó un revuelo en torno suyo. Pero Saskia estaba tan furiosa, que apenas prestó atención al furor que la declaración de Alex había causado.

–¡Alex! ¿Qué demonios…?

Pero Alex no la dejó terminar. Fuera lo que fuese lo que Saskia hubiera estado a punto de decir, se ahogó cuando le cubrió la boca con la suya. Vio incredulidad en los ojos de ella; sin embargo, la estrechó contra sí. Saskia tenía los labios húmedos, su sabor era dulce. Podía no gustarle verse envuelta en aquello, pero a su cuerpo sí le gustaba, un cuerpo cubierto con un tejido sumamente fino y delicado. Y bajo el estampado floral se escondía una piel peligrosamente femenina; tanto, que él sintió no encontrarse en un lugar más privado e íntimo en esos momentos.

La sintió temblar en sus brazos…

En ese momento, su teléfono móvil sonó y Alex sonrió para sí. Marla y Jake estaban a salvo, lo que significaba que podía dejar de besar a Saskia. Pero no lo hizo, siguió besándola y estrechándola contra su cuerpo, aprovechándose del placer que esa mujer le estaba proporcionando.

El plan había salido bien. Había atraído la atención de los reporteros. Y, para colmo, se estaba divirtiendo. Pero ya era suficiente.

Además, si no dejaba de besar a Saskia inmediatamente, su estado físico le produciría una situación embarazosa.

Con desgana, Alex apartó los labios de los de ella con cierta aprensión, temeroso de que Saskia le arañase el rostro por lo que había hecho. Pero vio en el rostro de ella que, al menos por el momento, su espíritu de lucha le había abandonado. Los verdes ojos de Saskia mostraban confusión. A pesar de ello, él sabía que pronto la ira se apoderaría de ella.

«Theos!».

Tan sólo con mirarla volvió a sentirse amenazado por la reacción física que había intentado evitar. Agarró a Saskia, la colocó delante de sí y le rodeó la cintura con los brazos, de cara a los miembros de la prensa.

—Gracias —dijo él a los reporteros—. Y ahora, si nos disculpan… Tenemos que tomar un avión. Por favor, disfruten el champán.

Saskia, conteniendo la furia que sentía, logró llegar a las escaleras mecánicas que les condujeron al restaurante de primera clase ubicado en el piso superior. Una vez que las puertas corredizas de cristal se cerraron tras ellos, decidió hacerse oír.

—¡No tenías derecho a hacer lo que has hecho!

Alex le sonrió, a pesar de estar un paso a espaldas de ella.

—El trato era que te hagas pasar por mi amante.

Creo que los dos hemos estado muy convincentes, ¿no te parece?

Saskia se volvió hacia él y los fríos ojos de Alex la hicieron enrojecer, unos ojos que, apenas unos minutos antes, la habían mirado con un primitivo deseo, unos ojos que la habían desnudado... y un deseo que no se había limitado a sus ojos.

Y cuando Alex la colocó delante de sí, ella había sentido la inconfundible evidencia de ese deseo pegada a su propio cuerpo y, desgraciadamente, éste había reaccionado también con voluntad propia.

Pero... ¿qué era lo que Alex estaba intentando demostrarle?

—Esas fotos van a aparecer mañana en todos los periódicos.

—Ya lo sé —respondió Alex como si la idea le encantara—. La falta de eficiencia no es uno de los defectos de la prensa basura.

—¿Acaso crees que quiero aparecer en los periódicos contigo... así?

—En estos momentos lo que tú quieras o dejes de querer me trae sin cuidado. Todo esto ha sido el medio para conseguir un objetivo, nada más.

—En ese caso, ¿por qué has tenido que decir que estamos prometidos? ¿Por qué lo has dicho?

—Tenía que hacer que no perdieran el interés en nosotros —explicó Alex—. No quería que se marcharan antes de asegurarme de que Marla estaba a salvo.

—Desde luego, hay que reconocer que has logrado cautivar el interés de la prensa —le espetó ella.

En ese momento, un empleado les condujo hacia una sala privada y Saskia esperó a que se encontraran a solas para añadir:

—Pero pronto la prensa escribirá sobre otro acontecimiento, refiriéndose éste al noviazgo más corto de la Historia.

—No necesariamente —respondió Alex con una sonrisa al tiempo que le indicaba que tomara asiento en uno de los cómodos sillones o un pequeño sofá alrededor de una mesa de centro.

Saskia miró a su alrededor, olvidándose de lo que estaban hablando momentáneamente.

—¿Dónde está Marla? ¿No has dicho que ya estaba a salvo? Creía que ya estaría aquí.

Los ojos de Alex se empequeñecieron y sus facciones se tensaron.

—¿En serio crees que voy a permitirte que te acerques a mi hermana? Ya corrí un considerable riesgo al permitir que las dos pasarais la noche bajo el mismo techo.

—Ya te he dicho que…

—No —le interrumpió Alex con firmeza—. Marla está a salvo y tú no te vas a acercar a ella. Hemos cambiado los planes. Jake y Marla van a ir en otro avión, no en el nuestro.

—¡Repito que Marla no me interesa!

—En ese caso, mejor que mejor. ¿Qué te apetece beber?

Saskia se dejó caer en un sillón.

—¿No te parece bastante champán el que has tomado para celebrar nuestro compromiso? Creo que deberías explicar lo que has querido decir antes.

Alex arqueó las cejas al tiempo que pedía las bebidas a la camarera.

–¿Antes?

–Sí, cuando has insinuado que quizá nuestro noviazgo no fuera a ser el más corto de la Historia. ¿Qué has querido decir con eso?

Alex se encogió de hombros como si el asunto no tuviera la menor importancia.

–Simplemente que puede que a los dos nos convenga prolongar este «acuerdo»; al menos, hasta que hayas terminado el perfil que vas a hacer sobre mí.

–¡Estás loco! Esto, de «acuerdo» no tiene nada. Has sido tú quien ha dado la noticia, tú quien ha mentido a la prensa.

–Y mañana será un hecho. El mundo entero va a quedar convencido de que nos vamos a casar.

–No –Saskia sacudió la cabeza–. No, de ninguna manera.

–Ya verás cómo sí –respondió Alex, alzando el vaso de whisky que le habían servido–. De lo contrario, no vas a conseguir el perfil. Es así de sencillo.

–¡Habíamos hecho un trato! Yo he cumplido con mi parte.

–Lo único que estoy haciendo es ampliar los términos del trato, nada más.

–Lo has cambiado, eso es lo que quieres hacer.

–Tiene sentido, para ambos. Aunque vamos a estar en el lago Tahoe durante nuestra estancia en Estados Unidos, yo tengo que ir a Nueva York un par de días para asistir a un acto de recaudación de fondos. Sin duda, tú querrás acompañarme para elaborar tu perfil; y si estás allí conmigo, es natural que la gente nos pregunte sobre el noviazgo. Será menos embarazoso para los dos seguir aparentando estar prometidos; al menos, mientras se nos siga viendo juntos.

—¡Querrás decir continuar engañando a la gente! —era inconcebible. No podía seguir representando el papel de novia de Alex, ya le había bastado con un día—. No voy a seguirte el juego. Yo he cumplido con lo que acordamos y ahora te toca a ti hacer lo mismo.

Alex se encogió de hombros.

—Es una pena. Porque si no lo haces, no vas a conseguir tu perfil.

—¡Maldito seas! —estalló Saskia—. Debería haber anticipado que no podía fiarme de ti después de lo que le hiciste a mi padre, después de la manera tan brutal como te hiciste con su negocio y le aplastaste. Debería haberme dado cuenta de que siempre lo manipulas todo para conseguir lo que quieres.

La expresión de él se ensombreció. Su vaso golpeó la mesa, derramando algo de líquido. Pero no pareció darse cuenta de ello mientras la miraba fijamente con ojos llenos de cólera.

—¿Y crees que tu padre era la virtud personificada en los negocios? No digas tonterías. Tu padre se merecía lo que le pasó. ¡Tu padre se merecía que lo aplastaran!

Saskia se puso en pie. El corazón le latía a una velocidad vertiginosa tras oír aquellas palabras, tras oír lo que Alex acababa de decir de su padre, ahora tan enfermo e indefenso.

—¡Cómo te atreves! No sólo arruinaste su vida y su futuro, sino que ahora, encima, le insultas. Pues bien, ya estoy harta de ti. Puedes quedarte con tu maldito perfil y con tu falso noviazgo; yo me limitaré a contar la historia que quiero contar. Y la verás en todas partes... y te aseguro que no te va a gustar.

—¿Y qué historia es ésa?

Alex se recostó en el respaldo de su asiento. Se veía resentimiento en él, pero controlado. También vio una cierta expresión de satisfacción en aquel rostro que le enfureció.

—Voy a contarle al mundo entero lo que hiciste, cómo destrozaste a mi padre y cómo te burlaste de mí.

A modo de respuesta, Alex se limitó a sonreír, irritándole aún más si cabía.

—¿Y dices que *AlphaBiz* es única y exclusivamente una revista de negocios?

Saskia alzó la barbilla.

—Eso es lo que te he dicho.

—¿Y crees entonces que una estúpida historia como su aventura amorosa con el hombre con el que estás prometida va a salir en una revista de negocios? —Alex se interrumpió unos segundos y se la quedó observando—. Aunque, pensándolo bien, podrías vendérselo a *Snap*. Tengo entendido que lo único que le importa a esa revista son las historias sórdidas.

—Nosotros no estamos realmente prometidos...

Un escalofrío le recorrió el cuerpo al darse cuenta de las implicaciones de lo que Alex había hecho aquella mañana. No, ella no tenía nada que vender a ninguna revista. Ya no, después de las fotos que le habían sacado besando a Alex. ¿Por qué una mujer iba a casarse con el hombre que le había causado una experiencia tan traumática? Se reirían de ella si publicaba su historia.

Alex la había colocado entre la espada y la pared.

Ahora, no tenía alternativa. Tenía que seguirle el juego a él.

—¡Lo has planeado todo!

Alex apenas arqueó las cejas.

—Por supuesto. ¿Imaginabas que iba a aceptar una situación en la que tú podrías amenazarme todo el tiempo con la publicación de lo ocurrido años atrás?

Saskia tragó saliva, sabía que la única salida que le quedaba era insistir en su amenaza y ver adónde le llevaba.

—Eso no cambia nada —insistió Alex—. Le diré a todo el mundo la clase de animal que eres. Contaré la verdad, que tú te inventaste lo del noviazgo con el fin de que tu hermana saliera del país sin ser molestada por los paparazzi.

—¿Y quién crees que va a creerte? —insistió Alex—. Nadie te tomaría en serio. Nadie.

—¡Y qué hay de lo que me hiciste! ¡Sólo tenía diecisiete años!

—Si fue una experiencia tan terrible, ¿por qué ibas a querer casarte conmigo, con el causante de semejante desgracia?

–¡Eres un sinvergüenza! El noviazgo es una farsa.

–Pero eso no lo sabe nadie.

–¡Lo contaré! Haré que me crean.

–¿Y arriesgarte a seguir haciendo de víctima? La gente supondrá que hemos tenido una pelea de enamorados y que, por los motivos que sean, actúas por despecho. Admito que será algo embarazoso, pero no va a destruir mi carrera profesional. Sin embargo, la tuya…

Alex alzó una ceja y se cruzó de piernas. Luego, añadió:

–Me parece que no te vendría mal una copa. ¿Por qué no te sientas?

–Te odio –le dijo ella en voz baja.

Pero Saskia reconoció que no tenía opción, que había caído en la trampa que Alex le había tendido.

Saskia se sentó, como él le había sugerido, pero iba a continuar diciéndole lo que opinaba de él.

–Odio la forma como tratas a la gente, cómo la manipulas para conseguir tus objetivos. Odio la forma como destruyes a las personas y sueños. Odio que te creas el dueño del mundo.

Alex contempló su vaso de whisky antes de beber de un trago lo que le quedaba.

–Me gustabas más cuando te estaba besando –comentó él.

Saskia trató de ignorar el temblor que le recorrió el cuerpo.

–¿Qué quieres decir?

–Que es la única vez que no has discutido conmigo.

–En ese caso, no lo olvides –le espetó ella–. Porque te aseguro que no va a volver a ocurrir.

Saskia se despertó cuando la limusina aminoró la velocidad y se adentró en un camino de grava. Miró a su alrededor mientras el conductor esperaba a que las puertas de la verja se abrieran. Tras cruzarlas, vio altos pinos, cielo azul y, al fondo, una residencia de piedra.

–¿Dónde estamos? ¿Hemos llegado ya al lago Tahoe?

–Vaya, por fin te has despertado. ¿Quiere eso decir que ya no vas a necesitar mi hombro como almohada?

Saskia volvió la cabeza con expresión horrorizada. ¿Era una broma? Pero al ver el rostro de Alex, se dio cuenta de que no se trataba de una broma. Se había dormido recostada en él, recostada en el hombre que aborrecía.

Al entrar en el coche, se habían sentado en lados opuestos del asiento, lo más lejos posible el uno del otro. Sin embargo, durante los trescientos kilómetros que había desde San Francisco a su destino, ella se había quedado dormida y había acabado en la posición en la que se había despertado.

–Me he dormido –dijo Saskia, sintiéndose una tonta por haber dicho algo tan evidente.

Saskia miró por la ventanilla del coche para disimular el embarazo que sentía.

–Ya me he dado cuenta –respondió Alex mientras el vehículo continuaba su camino hacia la casa–. ¿Tienes por costumbre hablar en sueños?

Saskia volvió la cabeza bruscamente. Le daba miedo lo desconocido, pero no estaba dispuesta a permitir que Alex se enterase de ello.

–¿Qué es lo que he dicho? ¿Que te odio?

Alex se encogió de hombros.

–No, no recuerdo que fuera eso. Bueno, por fin hemos llegado.

El coche se acababa de detener delante de una impresionante construcción de piedra, madera y cristal de dos alturas.

–Ésta va a ser tu residencia durante toda una semana.

–¿Voy a quedarme aquí?

–Más o menos. Vas a estar en la casa de huéspedes, a orillas del lago. He supuesto que te gustaría disfrutar cierta privacidad. La casa de huéspedes tiene de todo, incluido un estudio.

A Saskia le sorprendió que Alex se hubiera tomado la molestia de pensar en lo que a ella podía gustarle o no. También le sorprendió que pareciese conocer tan bien aquel lugar.

–¿Es tuya esta casa?

–Sí, es una de mis propiedades.

Saskia contempló durante unos momentos la imponente fachada de la casa.

–No eres modesto en tus gustos, ¿verdad?

–Me he ganado a pulso todo lo que tengo.

–Depende de cómo se mire. Aunque supongo que, desde tu punto de vista, debe de ser así.

–Ése es el único punto de vista que importa.

Saskia giró el rostro para mirarle con el fin de que una gélida mirada acompañara las palabras que iba a pronunciar para que no hubiera error en su interpretación.

–Si así te sientes mejor…

–Gerard te llevará a la casa de huéspedes –dijo Alex sin hacer comentarios sobre las palabras de ella–. Dentro de un rato iré para enseñarte la propiedad y para decirte dónde puedes y dónde no puedes ir. Pasaré a buscarte dentro de… unas dos horas.

¡Qué inocente había sido! ¿Había creído que Alex podía mostrar un mínimo de consideración hacia ella? No, no era privacidad lo que le ofrecía, la estaba encerrando.

–Hasta dentro de dos horas –dijo Alex, dirigiéndose hacia la casa.

El conductor la llevó en coche hasta la casa de huéspedes a través de un camino que cruzaba un bosque. Cuando el lago apareció delante de ellos, Saskia contuvo la respiración. El lago Tahoe era un verdadero espectáculo.

Y allí, a orillas del lago, rodeada de árboles, se encontraba lo que debía de ser la casa de huéspedes. Parecía una versión en miniatura de la casa principal, también construida con piedra, madera y cristal.

Sin pronunciar palabra, Gerard le llevó el equipaje al interior de la casa y luego se retiró discretamente después de preguntarle si no necesitaba nada más. Gerard no parecía desacostumbrado a llevar a mujeres a esa casa y, si lo estaba, lo disimulaba perfectamente. No obstante, Saskia suponía que las amigas de Alex se instalarían en la casa principal; aquella casa debía de estar reservada para las personas en las que él no confiaba, las personas a las que prefería encerrar en un rincón de su propiedad.

Un examen de la casa le mostró que disponía de dos dormitorios, dos cuartos de baño y un estudio completo, con teléfono y acceso a Internet. Era perfecto. Escribiría su perfil con la mayor rapidez posible y se marcharía inmediatamente. Además, también podía llamar a su casa desde allí.

Tenía que reconocer que Alex había acertado en una cosa: a ella le gustaba disfrutar de privacidad.

Una hora más tarde, duchada, con ropa limpia y con un portafolios con los mejores perfiles que había hecho para enseñárselo a Alex cuando llegara, Saskia colgó el teléfono con lágrimas en los ojos tras su primera llamada. Su padre apenas había podido hablar, resultado de una infección vírica, según le había dicho la enfermera que había ido a visitarle a su casa. Por suerte, parecía estar recuperándose bien.

¡Maldito el piso frío y húmedo de su padre! Por suerte, no permanecería en esa situación durante mucho más tiempo. Ella iba a hacer lo humanamente posible para conseguir el nuevo puesto de trabajo que le aseguraría que su padre tendría los cuidados que necesitaba. No obstante, seguía sintiendo que la obstinación de su padre le hubiera impedido irse a vivir con ella al pequeño piso que tenía.

Saskia se secó las lágrimas y se preparó para hacer la siguiente llamada con la esperanza que fuese más fácil que la primera.

—Sir Rodney…

—¡Saskia! ¡Has salido en todos los periódicos! —exclamó Sir Rodney sin preámbulos—. Los del consejo quieren saber qué demonios está pasando. Yo les he dicho lo que tú me habías dicho, que no te llevabas bien con Alexander Koutoufides. Pero ahora, de repente, no sólo le has localizado, sino que le tienes en tus manos. ¿Qué es lo que pasa?

—Sir Rodney, escúcheme. No es lo que usted se piensa…

—Lo que pienso es que esto es una locura. Esperaba un perfil; en vez de eso, voy a recibir una invitación de bodas. Después de tanto protestar respecto al sujeto de tu perfil… en fin, los miembros del consejo están algo disgustados contigo, y eso no te va a ayudar a conseguir el nuevo puesto.

—Por favor, escúcheme. Alex Koutoufides y yo no estamos prometidos.

—¿En qué demonios estabas pensando? Creía que querías ese puesto de trabajo… ¿Qué has dicho? Repítelo.

—He dicho que no estamos prometidos. Es todo una farsa.

—Pero los periódicos han dicho que…

—Ya sabe cómo son los periódicos —respondió Saskia con ironía en la voz—. No crea nunca lo que dicen los periódicos.

–En ese caso, ¿qué está pasando?

–Es una historia muy larga –respondió ella. «Y demasiado dolorosa para contársela ahora»–. Lo único que quiero que sepa es que estoy trabajando en el perfil y que lo tendrá encima de su escritorio en cuanto lo termine, que será pronto.

–Me alegro, porque ya sabes lo que está en juego. Carmen ha conseguido lo imposible y ha convencido a Drago Maiolo de que le deje hacer su perfil, así que más vale que te des prisa si quieres el nuevo trabajo.

Saskia trató de tomarse las noticias respecto a Carmen con filosofía. El sujeto de Carmen era menos problemático que el suyo, sin un pasado común. No obstante, ella esperaba que eso jugara en su ventaja, que Alex cooperase.

–Quiero el trabajo –declaró Saskia con firmeza.

–Entonces creo que no tengo que recordarte lo importante que es para ambas que hagáis un buen perfil –continuó el presidente–. Sólo una de las dos será ascendida. Quiero que te esfuerces, que hagas lo que sea para ganar a Carmen. Quizá puedas hacer que la situación te dé una ventaja. ¿Crees que este falso compromiso matrimonial podría añadir una nueva dimensión a tu perfil? ¿Algo que podamos explotar?

–No –respondió ella enfáticamente–. No hay tal compromiso matrimonial; por lo tanto, no me puede dar ninguna ventaja. No voy a hacer referencia a ello en el artículo. En lo que a mí se refiere, cuanto antes se olvide mejor.

–En ese caso, ¿qué me dices de Marla? ¿Hay

algo interesante que podamos escribir sobre ella?
¿Cuál es la relación entre ella y su hermano? ¿Hasta
qué punto es difícil para un hombre de negocios de
éxito tener una hermana tan... díscola? ¿Tiene
Koutoufides miedo de que su hermana afecte su
reputación en los negocios? Los miembros de la
junta quieren que escribas sobre ello. Tiene que
haber algo ahí, dado lo secreta que ha mantenido la
relación durante tanto tiempo.

Saskia suspiró.

—No estoy segura de que ésa sea la mejor forma
de ataque, Sir Rodney. He visto a Marla un momento y se la ve aún muy afectada por lo que la revista *Snap* escribió sobre ella. Además, ni siquiera
sé dónde está. Alex no deja que me acerque a su
hermana.

—Bueno, ya sabes cómo están las cosas aquí, y
sabes que tienes que hacer lo imposible para ven-
cer a Carmen. Si consiguieras escribir sobre Marla
además de Alex, creo que lograrías tener ventaja
sobre Carmen.

Saskia apretó los dientes y miró al techo mientras pensaba en cómo responder. ¡Maldito proceso
de selección! Pero tenía que salir victoriosa, fuera
como fuese.

—Sir Rodney, ¿está usted insinuando que los
miembros de la junta quieren que escriba sobre
Marla también? Porque si es así, le aseguro que a
Alex no le va a gustar nada. Está haciendo lo imposible para mantenerme apartada de su hermana.

—¿Quién está haciendo ese perfil? —quiso saber
Sir Rodney—. ¿Alexander Koutoufides o tú? Si

quieres convertirte en editora en jefe, tienes que estar preparada para enfrentarte a situaciones duras.

Pero no era así como ella trabajaba y no iba a empezar ahora. Sin embargo, tampoco se iba a poner a discutir por teléfono con Sir Rodney después de lo disgustado que parecía con lo de la noticia del noviazgo. De una forma u otra, tendría que encontrar algo que le diera ventaja sobre Carmen sin necesidad de renunciar a su integridad.

—Lo comprendo —respondió Saskia—. No se preocupe, lo haré. Escribiré el mejor perfil que tanto usted como los miembros de la junta hayan visto en su vida.

—¡Cuento con ello! —tras esa exclamación, el presidente colgó.

Saskia también colgó el teléfono, sintiéndose más confusa que nunca. Habían pasado demasiadas cosas y a demasiada velocidad.

De repente, Saskia oyó un ruido a sus espaldas. Al volverse, vio a Alex, su expresión turbulenta y colérica.

¿Cuánto tiempo llevaba allí? ¿Cuánto había oído de la conversación?

Capítulo 5

¡MENTIROSA!

La vio avanzar hacia él.

—Alex…

—Mentirosa. ¡Mentira todo eso de que al único que querías entrevistar era a mí! ¡Mentira que no estabas interesada en Marla! ¡Mentira, todo mentira!

—Alex, escucha… —Saskia dio otro paso hacia él, pero se detuvo cuando Alex empezó a avanzar hacia ella.

—Lo sabía —declaró Alex, deteniéndose justo delante de ella, muy cerca—. Sabía que no tardarías mucho tiempo en descubrirte. A pesar de repetir una y otra vez lo contrario, sabía sobre quién querías escribir.

—No es así, te lo prometo…

—Con razón no quería que hablaras con Marla. Es evidente que has estado esbozando las líneas del artículo con… ¿con quién, con tu jefe? ¿Estabas hablando con tu jefe?

—Este perfil es sobre ti, no sobre Marla.

—¿Estabas hablando con tu jefe?

Saskia dio un paso atrás, luego otro, retrocediendo hasta dar con el escritorio de madera, seguida de él.

—Eso da igual, tienes que comprender…

—Oh, no te preocupes, lo comprendo perfectamente —le interrumpió Alex con una sonrisa que no acompañaba a su mirada—. Vas a escribir tu perfil y vas a escribir también sobre Marla. ¿No es eso lo que has dicho por teléfono?

—Bueno, sí, pero…

—¡Pero nada! Has estado mintiendo desde el principio. Sabías que no iba a permitir que entrevistaras a Marla y es por eso por lo que has fingido estar interesada sólo en escribir sobre mí, aunque tu verdadero propósito es sacar los trapos sucios de mi hermana. Y podías haberlo conseguido; nadie ha intentado acceder a mi hermana a través de mí. Y a pesar de mis dudas, a pesar de que el instinto me decía que estabas mintiendo, te he abierto las puertas de mi casa. Te he dejado ver a Marla. Me he fiado de ti y me has decepcionado.

—¡Tú jamás te has fiado de mí! Desde el primer momento me has tratado como una mentirosa.

Alex plantó las manos a ambos lados de ella, encima del escritorio. Parecía disfrutar con la desesperación que debió ver en su expresión.

—¿Y te extraña?

—¿El qué? Deja de hablar como si fueras un santo y no intentes hacerme creer que me has abierto las puertas de tu casa debido a tu innata bondad. Tú no te fiabas de mí. Y me abriste las puertas de tu casa porque tenías miedo de lo que pudiera publicar sobre ti. ¡Sólo por eso!

Los ojos de Saskia lanzaban chispas.

—Tienes razón —respondió Alex por fin.

Saskia parpadeó.

—¿Qué?

—He dicho que tienes razón. No quería que publicaras lo que sabes de mí.

De repente, Alex le acarició los labios con las yemas de los dedos mientras repetía:

—No quería que publicaras un artículo en el que hablaras de lo que hubo entre los dos.

Saskia abrió desmesuradamente los ojos y tragó saliva, los labios, bajo los dedos de él, le temblaron.

—Pero tú te has asegurado de que no pueda hacerlo ya —comentó ella con voz ronca.

Alex se permitió una sonrisa y, bajando la mano, le acarició la barbilla y la garganta, luego el escote… La sintió temblar.

—Así es —respondió él en voz baja—. Y ahora, ¿qué?

Los ojos esmeralda de Saskia brillaron.

—Ahora estoy aquí con la idea de escribir un artículo totalmente diferente.

—En ese caso… quizá pudiera ayudarte —dijo Alex con voz queda.

Los ojos de él prometían seducción, sus labios invitaban al deseo. Y cuando rozaron los de ella, Saskia sintió un fuego abrasador en lo más profundo de su ser que transformó la cólera en deseo. Se estremeció cuando los labios de Alex siguieron frotaron los suyos con sorprendente ternura, dulcemente. Y ella no pudo menos que aceptar la invitación.

Fue un beso muy diferente al del aeropuerto.

Aquél le había sido robado, arrancado en contra de su voluntad. Éste era como una danza ancestral que seguía el ritmo de los latidos de su corazón; un ritmo lento, mágico, hipnótico y evocador.

Sintió la mano de Alex en la nuca, sujetándole la cabeza mientras profundizaba el beso; el aliento de él mezclándose con el suyo.

Era como si el rencor que había sentido por Alex todos esos años se hubiera disipado. Era como volver al hogar. Porque reconoció el sabor de Alex, sus caricias...

Saskia permitió que sus manos hicieran lo que querían hacer, se permitió acariciarle la espalda, deleitarse en su contacto. No protestó cuando Alex la levantó y la sentó en el escritorio. No protestó, tan sólo gimió, cuando él le cubrió un seno con la mano y jugueteó con el pezón. No protestó cuando Alex deslizó la mano por debajo de su blusa para acariciarle la piel desnuda de los senos.

¿Transcurrieron minutos o segundos durante los que Alex le acarició los pechos? Había perdido la noción del tiempo.

Y cuando, a imitación del comienzo del beso, suave y tierno, él la tocó, Saskia quiso gritar de placer. ¿Cuántas veces había soñado con eso?

¿Cuántas veces había soñado con que él volviera a tocarla íntimamente?

Y ahora, su sueño se había convertido en realidad.

Aquél era el Alex que conociera en el pasado. Eso mismo era lo que le había hecho sentir años atrás. Ése era el Alex al que amaba...

«¡No!».

Saskia abrió los ojos bruscamente.

No le amaba.

Le había amado.

Ése era el Alex que la había traicionado.

¡Ése era el Alex al que odiaba!

Y, a pesar de todo, le había permitido llegar a ese punto…

Saskia, empujándole, le apartó de sí.

—No, Alex.

—Oh, sí… —murmuró él con la boca en la garganta de Saskia.

Saskia juntó las piernas con fuerza, tratando de detenerle.

—¡No, para!

Alex alzó el rostro y la miró, pero no apartó la mano, sino que continuó acariciándola suavemente, a pesar de que ella no dejaba de apretar las piernas con firmeza.

—¿Por qué iba a parar?

—Porque te odio.

Alex sonrió.

—Sí, lo suponía. Se nota por la forma como gimes cuando te hago esto…

Alex se esforzó en producirle placer. Continuó acariciándole el sexo por debajo de las bragas de seda…

Saskia alzó la mirada al techo, casi sin fuerzas para resistirse.

—Vamos, repite que quieres que pare —dijo Alex.

—Quiero… que… —pero Saskia no pudo continuar.

–No me has convencido –dijo él con una ronca y queda carcajada sin cejar en sus caricias.

Pero Saskia no podía permitírselo. Ni ahora ni nunca.

–No –jadeó ella, debatiéndose entre el deseo y la desesperación–. Tienes que parar.

–¿En serio? ¿Por qué?

–¿Se te ha olvidado? ¡Porque tú no te dedicas a desvirgar a jovencitas!

Alex se apartó de ella, permitiéndola el espacio suficiente para bajarse del escritorio y arreglarse la ropa.

Sí, recordaba haberle dicho eso. ¿Aún le guardaba rencor por aquello que ocurrió entonces?

–¿Estás intentando vengarte de mí?

Saskia le miró, pero era como si no le viera.

–Vamos, Saskia… ¿Qué pasa? Tienes veinticinco o veintiséis años, no es posible que seas virgen.

Saskia volvió el rostro rápidamente. Pero no antes de que él pudiera ver la verdad en sus ojos, el dolor…

–Dios mío –la sorpresa le hizo lanzar una irracional carcajada–. ¿Quién lo diría? Eres virgen.

–¡No lo digas como si fuera un monstruo!

Saskia, cruzando los brazos, se volvió de cara a la pared. Él avanzó un paso hacia ella.

–No me pareces ningún monstruo. Simplemente, estoy sorprendido.

Muy sorprendido, pensó Alex; sobre todo, teniendo en cuenta la edad de Saskia, su profesión y la clase de gente con la que trataba.

Pero aún le sorprendía más que, con lo guapa que era, nadie la hubiera seducido todavía. Sí, estaba sorprendido y también… complacido.

—Saskia… —Alex, acercándose, le tocó el hombro.

—¡No me toques!

Ella se volvió de cara a él, echando chispas por los ojos, aunque sus pestañas estaban humedecidas.

—¿Qué clase de hombre eres? Primero me acusas de mentirte y de haber venido aquí con el único propósito de sacar a la luz los trapos sucios de Marla; luego, en un abrir y cerrar de ojos, me sientas en el escritorio y te lanzas sobre mí como un animal.

Las palabras de Saskia le afectaron, pero no iba a reconocerlo.

—Estás cansada —dijo Alex—. Dejemos la visita por la propiedad para mañana. Acuéstate un rato a descansar; después, haré que te traigan la cena aquí.

—No utilices esa actitud paternalista conmigo —le espetó Saskia—. Y no te molestes con la cena. No quiero nada de ti, a excepción del perfil. Nada más.

—Hace tan sólo unos minutos querías algo más.

Saskia se ruborizó al instante.

—Hace unos minutos no pensaba con la cabeza. ¿Qué excusa tienes tú?

Normalmente, Alex se relajaba en Tahoe, incluso cuando iba allí a trabajar. Era un lugar alejado del bullicio de Sydney, un lugar desde el que podía dirigir sus negocios lejos de las distracciones de la vida de la oficina principal.

En teoría, debía sentirse relajado, pero no lo estaba, pensó Alex mientras recorría el camino que llevaba de la cabaña a la casa principal. Maldita mujer. Y maldita la forma como su cuerpo había reaccionado delante de ella. Aunque, ¿no era lógico?

¿Qué tenía esa mujer que le hacía olvidar los motivos por los cuales sabía que no debía tocarla y tampoco debía desear hacerlo?

El portafolio que ella le había dado al salir le rozó la pierna. Lo alzó en la mano para mirarlo. ¿En serio creía Saskia que unas muestras de sus trabajos iba a cambiar las cosas?

Ni hablar.

El cielo estaba despejado y el aire matutino era frío, tanto por la altura como porque estaban a finales de la época del deshielo. Saskia, cerrándose la chaqueta, se acercó al embarcadero de madera.

No hacía mucho que el sol había salido, pero no había podido permanecer en la cama ni un minuto más. Delante de ella el lago se extendía kilómetros y kilómetros en todas direcciones, sus aguas azules y cristalinas.

Era un lugar precioso.

—Vaya, has madrugado.

Saskia se volvió, sobresaltada. Había una mujer en la orilla del lago, mirándola. La mujer tenía las manos dentro de los bolsillos de su chaqueta y la capucha cubriéndole la cabeza. No obstante, la reconoció inmediatamente.

—Hola, Marla.

Marla se acercó a ella, los tacones de sus botas vaqueras color rosa repiquetearon en la madera del embarcadero. Al llegar a ella, respiró profundamente y miró a su alrededor.

—Me encanta esto —dijo Marla, sonriendo—. Es mi lugar preferido.

—No sabía que fueras a quedarte aquí.

—En un principio, no iba a hacerlo. Alex me había reservado una habitación en una clínica que hay en la zona, pero me he negado rotundamente a ir allí. La clínica está llena de estrellas de cine desesperadas, músicos fracasados... en fin, un horror. No me malinterpretes, sé que no soy perfecta y que me gustan las margaritas, pero... —Marla sonrió con cierta tristeza—. Quizá me gusten demasiado, lo reconozco. Sin embargo, no soportaría volver a pasar por una terapia de grupo.

Saskia lanzó una queda carcajada; luego, volvió la cabeza en dirección a la casa principal. ¿Se las podía ver desde allí?

—Se supone que no debemos hablar, lo sabías, ¿no?

—Sí, lo sé. Alex me lo ha dicho —Marla le puso a Saskia una mano en el hombro brevemente, su mirada azul como las aguas del lago—. Pero estoy harta de que me digan lo que puedo hacer o no. ¿No te parece?

«Sí, tienes toda la razón», pensó Saskia con pasión. Pero ella necesitaba su perfil; de lo contrario, se comportaría de forma diferente.

—Alex no se fía de mí —le confesó a Marla—. Cree que quiero sonsacarte para publicar cosas sobre ti.

Marla se echó a reír.

—Mi hermano es un poco machista, se parece a mi padre. No se fía de nadie, mucho menos de la gente que trabaja en la prensa. No obstante, confieso que le he dado motivos para que esté preocupado por mí.

—Entonces, ¿no tienes miedo de que yo esté aquí para eso, para sonsacarte y sacarte los trapos sucios?

Marla sacudió la cabeza.

—Si quisieras realmente hacer eso, habrías encontrado la forma de entrevistarme sin necesidad de venir aquí. Así que… me arriesgaré. Además, quería darte las gracias.

—¿Por qué? ¿Por lo del aeropuerto?

—Por eso también. Pero quería darte las gracias por lo que estás haciendo con Alex. No sé qué es; pero anoche, cuando me negué a ir a la clínica, aceptó mi negativa sin protestar. Es como si no fuera él mismo. Por primera vez en su vida no está obsesionado conmigo. Gracias por ello.

Saskia reflexionó sobre las palabras de Marla, pero ella no le había notado fuera de sí.

—¿Sabías que ha dicho en público que vamos a casarnos?

—Sí, lo sé. Incluso se lo ha dicho a los de la prensa de aquí. ¿No lo has visto? Si quieres, puedo traerte algún periódico.

–No, creo que no quiero verlo –respondió Saskia–. De todos modos, gracias.

Marla lanzó un suspiro.

–Bueno, será mejor que me vaya antes de que Jake vuelva del gimnasio. Ese hombre me está volviendo loca. ¿Crees que podríamos vernos mañana por la mañana antes de que te vayas a Nueva York?

A Saskia le llevó varios segundos recordar.

–Ah, ¿te refieres a lo de la fiesta de recaudación de fondos? Alex me dijo algo al respecto –Saskia sacudió la cabeza–. Pero no conozco los detalles.

–Te va a llevar para presentarte como su prometida, otro ejercicio destinado a distraer la atención de la prensa para que se olviden de mí. Supongo que debe de estar harto de tener una hermana como yo.

–Vamos, Marla, no seas tan dura contigo misma.

Marla arqueó las cejas, su mirada irónica.

–Gracias, pero no soy tan tonta como para no reconocer mis defectos. Aunque la verdad es que en la prensa se han exagerado –Marla volvió a suspirar–. Bueno, tengo que marcharme ya, pero espero verte mañana. Es muy agradable poder hablar con otra mujer. Y Saskia…

–¿Sí?

–¿Crees que podrías hacerme un favor?

–Sí, si puedo –Saskia se encogió de hombros–. ¿Qué favor?

Marla titubeó unos instantes.

–¿Sabes algo del mundo editorial? Me refiero a la publicación de libros.

–Un poco. Estudié algo de eso en la carrera y

tengo contactos en el mundo de las editoriales. ¿Por qué?

Marla adoptó una expresión esperanzada.

–Una amiga mía tiene escritas unas cosas, una especie de colección de anécdotas sobre su vida, nada especial. ¿Crees que podrías echarles un vistazo o incluso enviárselas a alguien que pudiera estar interesado en publicar eso?

–¿Como favor a tu amiga?

Marla asintió, su mirada suplicante.

–Te lo agradecería mucho. Te traeré los escritos mañana por la mañana, a esta hora, ¿de acuerdo?

–No sé… Creo que a Alex no le gustaría.

–Por favor –rogó Marla–. Es muy importante para ella. Y Alex no tiene por qué enterarse. Será nuestro secreto. Harías muy feliz a mi amiga.

Saskia no supo resistirse a la casi desesperada ilusión de Marla.

–Sí, lo haré.

Saskia la vio alejarse sin poder ocultar su deleite. Fuera lo que fuese lo que esas notas contenían, podía ser dinamita si caía en manos de alguien falto de escrúpulos. Y si Alex se enteraba, acabaría siendo su perdición.

Lo que significaba que debía hacer lo imposible para que eso no ocurriera nunca.

Capítulo 6

ALEX Koutoufides no estaba de buen humor y, en su avión privado sobrevolando la ciudad de Nueva York, no podía echarle la culpa a su hermana Marla. Aquella mañana había visto a su hermana... feliz. Tampoco podía culpar de su humor al acto al que iba a asistir aquella noche para recaudar fondos.

No, la razón de su desasosiego se debía, en parte, a cierto portafolios con una serie de artículos que había leído la noche anterior.

No había sido su intención leer los artículos. Lo que había pretendido era echarles un vistazo por encima y encontrar la evidencia que apoyase su idea preconcebida de que los artículos eran basura; después, una vez satisfecho, lo habría dejado de lado.

Pero no había ocurrido así. Al abrir el portafolios, se había encontrado con un artículo que le había interesado, el perfil de Ralph Scheider, un miembro del consejo del Banco Mundial, un hombre al que había visto en diversas ocasiones. El artículo había despertado su interés y, al leerlo, se había encontrado con que era profundo y bien informado; ahondaba en los hechos y, al mismo tiempo, daba una idea del carácter del individuo en cuestión, una idea con la que Alex estaba de acuerdo.

Quizá Ralph fuera un sujeto fácil de describir en un perfil, había pensado él. Eso le condujo a leer el siguiente perfil, el de un promotor de la construcción a escala mundial; de nuevo, Saskia había informado objetiva y exhaustivamente.

Al acabar de examinar los perfiles, había cerrado el portafolios, sintiéndose absolutamente frustrado.

Era natural encontrarse de mal humor. Había acusado a Saskia de querer aproximarse a Marla, de trabajar para la prensa basura. Ella lo había negado una y otra vez, pero él había insistido en no creerla. Sin embargo, si aquellos artículos eran un ejemplo del perfil que Saskia quería escribir sobre él, debía reconocer que la había juzgado mal.

«Theos!».

Alex lanzó una mirada de soslayo a Saskia, que ocupaba sillón contiguo al suyo. Ella tenía los ojos pegados a la ventanilla; aunque había pasado la mayor parte del vuelo tomando notas sobre lo que estuviera haciendo. ¿Qué escribiría sobre él? ¿Cómo sería su perfil? Suponía que no sería halagador. ¿Se limitaría a escribir sobre sus prácticas en los negocios?

Prefería no pensar en ello en esos momentos.

Pronto aterrizarían en el aeropuerto JFK. Una vez pasado el fin de semana, volverían a Tahoe, él le daría el tiempo que Saskia necesitaba para escribir su perfil y luego se marcharía.

Pero antes tenían que hacer presencia en el acto

de aquella noche. Alex tocó el objeto que tenía en el bolsillo, el objeto que había sacado de su caja de caudales. No podía esperar.

—Toma, ponte esto.

Con desgana, Saskia apartó los ojos de la ventanilla y de la vista de Nueva York que le ofrecía el avión.

—¿Qué es? —nada más preguntar, vio la caja que Alex tenía en la mano—. No, no, de ninguna manera.

—No te lo estoy pidiendo —dijo Alex con impaciencia—, te lo estoy ordenando. Tienes que ponértelo. La gente tiene que verlo, espera verlo.

Alex tenía razón, pensó Saskia. Pero saberlo no hacía que le resultara más fácil. Fingir ser la novia de Alex era una cosa, llevar su anillo de compromiso era otra muy distinta.

Aquellos brillantes lanzarían el mensaje de que ella pertenecía a Alex Koutoufides.

—¿No te gusta?

¡Cómo no iba a gustarle! Era un diseño magnífico, espectacular. Un brillante cuadrado engarzado en un anillo repleto de brillantes más pequeños que lanzaban una miríada de destellos.

—¿Acaso importa mi opinión? —le espetó ella.

—No, ninguna —respondió Alex con brusquedad.

Tragando saliva, Saskia le permitió que le tomara la mano y deslizara el anillo por su dedo.

—Ya está —dijo él.

Alex le soltó la mano y volvió a recostarse en el respaldo de su asiento. Luego, cerró los ojos mientras el avión se preparaba para aterrizar.

Saskia alzó la mano, sintiendo el peso del anillo.

–¿Cómo lo sabías?

–¿Qué? –preguntó él sin abrir los ojos, sin moverse.

–El tamaño de mi dedo.

–No lo sabía –respondió Alex–. Era de mi madre.

Saskia sintió un peso en el pecho. ¡No podía ser! Ese anillo era herencia de familia, algo que no tenía derecho a llevar.

–No puedes pedirme que lleve puesto este anillo. ¡Era de tu madre!

Saskia fue a quitarse el anillo, pero Alex, agarrándole ambas manos, se lo impidió.

–Vas a llevarlo. Es el anillo que mi madre quería que le diera a mi prometida.

–Pero yo no soy…

Alex se le aproximó, el rostro a escasos centímetros del suyo.

–En público, lo eres. Será mejor que empieces a representar tu papel.

Saskia se zafó de él.

–De acuerdo, jugaré a ser tu adorada prometida. Pero no quiero que vuelva a repetirse la escena del aeropuerto. Hacernos pasar por novios no significa que tengas que hacer una escena en público.

Alex le lanzó una mirada llena de cólera.

–Haré lo que sea necesario para convencer a la gente de que pronto vamos a casarnos, y tú vas a cooperar.

Saskia no pudo evitar su asombro al entrar en el salón del ático del hotel Waldorf-Astoria. El impresionante salón estilo art decó estaba repleto de hombres con esmoquin y mujeres deslumbrantes. A pesar de haber estado en fiestas acompañando a políticos y hombres de negocios debido a su profesión, nunca había visto un lugar tan lujoso.

Se sintió profundamente aliviada de haber aceptado, a regañadientes, el vestido de noche que Alex le había enviado. Un vestido azul cobalto de seda, clásico y elegante al que había acompañado una tiara que también debía lucir para la ocasión.

Era extraño. Estaba deseando terminar el perfil de Alex para poder volver a su casa y a su vida. Sin embargo, esa noche se sentía como una princesa. Y esa noche iba acompañada del hombre más atractivo de todos.

¿Por qué no disfrutar?

Alex empujó a Saskia suavemente, quería acabar con el recibimiento. No le gustaban aquellas fiestas, aunque aquella noche no se sentía tan fuera de lugar como se sentía en la mayoría de las ocasiones. Con Saskia del brazo, con aquel vestido que Marla había elegido, no sintió ganas de marcharse corriendo nada más hacer su aparición en la fiesta.

Las cámaras de los fotógrafos les cegaron momentáneamente.

—Señor Koutoufides, ¿han fijado ya la fecha de la boda? —preguntó uno de los reporteros.

Alex miró a Saskia y, sorprendentemente, la encontró sonriéndole con expresión de felicidad. Al parecer, Saskia había decidido desempeñar bien su papel. Si Saskia seguía así, iban a marcharse muy pronto de la fiesta y la llevaría a la cama directamente.

Como si le hubiera notado titubear, Saskia le plantó una mano encima de la suya, la mano del anillo. Inmediatamente, los objetivos de las cámaras enfocaron los brillantes.

—En lo que a mí concierne, cuanto antes mejor —respondió él con una sonrisa.

Al cabo de unos minutos empezó a sonar la música.

—Baila conmigo —dijo Alex, tomando la mano de ella para conducirla a la pista de baile.

En silencio, Saskia asintió, dejándose llevar.

Se sintió segura en los brazos de él, parecían existir sólo para abrazarla.

Alex inhaló el perfume de ella, lo devoró, era como una droga. Esa mujer era el más exquisito afrodisíaco.

La melodía acabó y comenzó la siguiente, y la siguiente... Alex se negaba a soltarla. La tenía atrapada en el círculo de sus brazos, estrechándola contra su cuerpo. Tan cerca estaban, que Saskia apoyó la cabeza en su hombro. Sus cuerpos estaban en contacto de pies a cabeza, moviéndose al ritmo de la música.

Saskia quería prologar aquel momento. Si aquello era lo que implicaba fingir ser la novia de Alex, estaba dispuesta a ofrecerse voluntaria durante el resto de su vida. No había tensiones ni discusiones, sólo la magia de sentirle junto a ella mientras respiraba el aroma viril que se desprendía del cuerpo de Alex, mientras sentía sus fuertes brazos sujetándola.

Estaba dispuesta a pasar así toda la noche si Alex quería…

–¡Saskia Prentice! No puedo creerlo.

Saskia se apartó de Alex con desgana, tratando de controlar su deseo.

–¡Eres tú! ¡Vaya, estás sensacional! –exclamó la misma voz.

–Carmen –Saskia, recuperando la compostura, hizo las presentaciones–. No esperaba verte aquí.

Carmen sonrió y la agarró del brazo, tirando de ella hasta sacarla de la pista de baile.

–Drago ha ido a por más champán. Estoy aquí trabajando, igual que tú –Carmen miró a Alex, que las había seguido–. Bueno, quizá no. Supongo que debo felicitarte, ¿no? Al principio, no lo creí. Pero ahora, al ver el tamaño de la piedra que llevas en la mano… Bueno, supongo que tengo que rendirme a la evidencia.

Carmen alzó una mano y la colocó en el pecho de Alex.

–Así que aquí está el gran Alexander Koutoufides –dijo Carmen con voz ronca–. Saskia es muy afortunada. ¿Quién dice que los negocios y el placer nunca deben mezclarse? Yo siempre intento hacerlo.

El lenguaje del cuerpo de Carmen era toda una invitación, pensó Saskia con súbita furia.

No, no estaba celosa. ¿Por qué iba a estarlo? Ella no se hacía ilusiones respecto a Alexander Koutoufides.

Alex sonrió a Carmen mientras le apartaba la mano de sí; luego, se la llevó a los labios con gesto caballeroso, a la antigua usanza.

–¿Sois compañeras de trabajo? –preguntó él con los ojos fijos en Carmen.

–Sí, lo somos. O lo éramos. Supongo que no tendremos el placer de ver a Saskia durante mucho más tiempo en la empresa. Qué pena, esta carrera por el nuevo puesto de trabajo me estaba gustando. Pero ahora…

–De hecho, Carmen, sigo en la carrera –le interrumpió Saskia, pronunciando las palabras con énfasis–. Nuestro noviazgo no cambia nada.

–¿Qué carrera? –preguntó Alex.

Carmen le dedicó una radiante sonrisa.

–¿Es que no te lo ha dicho? El puesto de editor en jefe de la revista está vacante, las dos estamos compitiendo para conseguirlo. La que consiga el mejor perfil se queda con el puesto.

Por fin, Alex apartó los ojos de Carmen y los clavó en Saskia. La miró sin expresión en los ojos; sin embargo, ella sintió que estaba buscando la verdad, respuestas a las preguntas que no le estaba haciendo.

Saskia parpadeó, una silenciosa afirmación. Aunque, en realidad, lo que quería era gritar, quería que Alex supiera por qué estaba tan desesperada por conseguir su perfil.

–Yo tengo que hacer el perfil de Drago Maiolo –continuó Carmen–. Ah, justo a tiempo, aquí está.

Un caballero con el pelo canoso se les unió. Drago Maiolo miró a Alex con frialdad, pero sus ojos cobraron vida cuando se posaron en Saskia. Le dio una copa de champán a Carmen y luego le dio la suya a Saskia.

–Ya veo que has hecho amistades –la voz de ese hombre era tan espesa como sus rasgos.

Carmen le dio las gracias sonriendo y se apoyó en él con gesto de fingida inocencia.

–Drago me dijo que Alex estaría aquí. Supuse que quizá también vinieras tú.

–¿Cómo lo sabía él? –preguntó Saskia.

–Alex siempre viene a esta fiesta –contestó Drago por Carmen–. Es el principal benefactor de la Fundación Baxter. ¿No es verdad, Alex?

–¿Qué tal te va? –preguntó Alex a su vez, dirigiéndose a Drago, pero sin haberle respondido. Por su expresión, resultaba evidente que no parecía tenerle excesivo aprecio a aquel hombre.

–Mejor que nunca. Sobre todo, ahora que tengo a Carmen para animarme durante la noche. Por lo general no le tengo demasiado aprecio a la prensa, pero esta mujer es otra cosa. No tenía idea de que las entrevistas en profundidad pudieran resultar tan estimulantes.

Drago y Carmen se echaron a reír.

–Drago está cooperando muy bien –concedió Carmen–. Va a ser un perfil fabuloso.

–Más te vale –respondió Alex–. De no ser así, vas a encontrar muy duro hacerte con el nuevo puesto de trabajo. He visto el trabajo de Saskia y es excelente. Y ahora, si nos disculpáis, acabo de ver a alguien con quien debería hablar un momento antes de los discursos.

Alex tiró de Saskia, alejándola de la otra pareja en dirección a la terraza.

Saskia no salía de su asombro. Alex, no sólo había puesto a Carmen en su sitio, sino que a ella la había defendido.

Saskia miró a su alrededor cuando Alex la condujo a un rincón tranquilo, detrás de una cortina de plantas.

—¿Por qué hemos venido aquí? Creía que querías hablar con alguien.

—Así es. Quiero hablar contigo.

—Bien. Yo también quiero hablar contigo. ¿Has leído mis artículos?

Alex sonrió.

—¿Crees que habría dicho lo que he dicho sin leerlos?

Ella parpadeó.

—Me has defendido.

Alex se encogió de hombros con gesto de no darle importancia.

—Me ha servido para callarla y para alejarnos de ellos.

—Sí, claro. Dime, ¿por qué no me habías dicho que eres el principal benefactor de la fundación?

—No me lo habías preguntado.

—Pero…

—No. Primero, quiero que me cuentes lo del puesto de trabajo. ¿Estáis compitiendo?

Saskia alzó su copa con gesto irritado.

—Es lo que Carmen te ha contado. La que consiga el mejor perfil se queda con el puesto. Los de la empresa eligieron a dos hombres de negocios que no suelen conceder entrevistas a nadie, uno le ha tocado a Carmen y otro a mí.

–¿Tiene ella posibilidades? No me ha dado esa impresión.

–No juzgues a Carmen por las apariencias. Tiene un título de Harvard, y una mente fría y calculadora, a pesar de las curvas. Está decidida a ganar cueste lo que cueste. Y a juzgar por lo amable que Drago es con ella, supongo que cuenta con su absoluto apoyo y cooperación.

–Yo creo que cuenta con mucho más que eso.

Saskia le miró y recordó el beso que Alex le había dado a Carmen en la mano.

–Podrías haber sido tú en vez de Drago.

Alex parpadeó.

–¿Quieres decir que tú podrías estar haciéndole el perfil a Drago y yo disfrutando de la compañía de Carmen?

Saskia ignoró aquellas palabras.

–Quizá hubiera sido lo mejor. Desde luego, para mí lo habría sido.

–Se te está olvidando algo. Sabes por qué accedí a lo del perfil. Me chantajeaste. Dijiste que, si no colaboraba, publicarías lo que hubo entre tú y yo hace años. Dudo que Carmen tuviera esa carta en su mano.

Saskia se encogió de hombros.

–Teniendo en cuenta la forma como Carmen llena ese vestido plateado, no creo que lo hubiera necesitado.

Alex volvió a sonreír.

–Tomo nota –dijo él, mirándola a los ojos con voz inesperadamente ronca–. Pero... ¿habrías preferido que Carmen me hiciera el perfil? ¿No te habría molestado?

Saskia tragó saliva bajo la fija mirada de Alex. ¿Y si él estuviera mirando a Carmen así en esos momentos? ¡Sí, claro que le habría molestado!

¿Eso era lo que Alex quería demostrar?

—Claro que no —mintió ella.

—Si tú lo dices… Aunque, por mi parte, reconozco que me alegra que te haya tocado yo.

A Saskia le dio un vuelco el corazón.

—¿Por qué?

—Porque sería una pena que Drago se aprovechara de ti. No respeté tu virginidad para que acabaras perdiéndola con un tipo como él.

La furia se apoderó de ella.

—¡Cómo te atreves! No doy crédito a lo que acabo de oír.

—¿Por qué? ¿Preferirías perderla con alguien como él?

—¿Cómo te atreves a creer que tienes derecho a decidir con quién hago el amor? Eso no tiene nada que ver contigo.

—Te equivocas, tiene mucho que ver conmigo. Podría haberme aprovechado de lo que me ofreciste aquella noche, podría haberte poseído. Podría haberte desvirgado, haberte utilizado y haberte dejado tirada después. Pero no lo hice. Te dejé marchar. Pero, desde luego, no para que acabaras con un depravado que podría ser tu abuelo.

—No puedo creer que estemos teniendo esta conversación —dijo Saskia, sacudiendo la cabeza.

Pero, de improviso, Alex la rodeó con sus brazos, apretándola contra sí. Saskia lanzó un gemido al sentir su erección; su cuerpo entero se estremeció.

—En ese caso, dime, ¿qué preferirías estar haciendo? —le dijo Alex con voz ronca al oído.

Lo que Saskia deseaba más en el mundo era frotarse contra el cuerpo de Alex, permitirle hacer con ella lo que quisiera. Quería que saciara el deseo que sentía por él.

Pero luchó contra su deseo con todas sus fuerzas. Al final, logró contenerlo.

—Quiero… —susurró Saskia.

—¿Sí? ¿Qué es lo que quieres? —preguntó Alex, acariciándole el oído con la punta de la lengua.

—Quiero hacerte el perfil y marcharme a mi casa.

Alex se quedó inmóvil momentáneamente.

—¿El perfil?

—Por eso estoy aquí, ¿o lo habías olvidado? Por eso y nada más.

—¿Tan importante es para ti ganar a Carmen? ¿Ganar la carrera hacia el nuevo puesto de trabajo?

—¡Naturalmente que quiero ganar! ¿Por qué si no crees que me tomé la molestia de buscarte? Desde luego, no fue para recordar los viejos tiempos.

Alex se la quedó mirando con intensidad. Saskia debía necesitar desesperadamente aquel avance en su carrera para tomarse las molestias que se había tomado, para arriesgarse a volver a él. Pero él tampoco necesitaba recuerdos del pasado que pudieran suponer un riesgo para su presente. En ese caso, ¿por qué no podía dejar a Saskia en paz?

—¿Por qué es tan importante para ti el nuevo trabajo?

—¿A ti qué más te da?

Alex, de repente, sintió furia. Estaba furioso consigo mismo por las emociones que Saskia despertaba en él.

—¿Por qué? —insistió Alex—. ¿Prestigio? ¿Honor?

Saskia sacudió la cabeza.

—No, no es una cuestión de prestigio.

—En ese caso, debe de ser el dinero. ¿Cuánto necesitas? Puedo darte dinero.

¿Acaso ese hombre creía que podía comprarla?, pensó Saskia, encolerizada.

—¿Harías eso? ¿Me darías dinero? —preguntó ella con incredulidad en sus verdes ojos.

—¿Cuánto necesitas?

Saskia sacudió la cabeza.

—No quiero tu dinero. Espero ganar. Lo único que te pido es que colabores conmigo para poder hacer el mejor perfil que sea posible hacer.

—¿Y si ganas?

—Voy a ganar.

—No seas cabezota. Si lo que necesitas es dinero, yo podría dártelo.

—¿Por qué ibas a hacerlo? ¿Por qué, de repente, darle dinero a la mujer a la que has acusado de ser lo peor de lo peor, la mujer a la que has acusado de ir detrás de tu hermana con intención de hacerla añicos?

—¿Y qué querías que pensase después de encontrarte escondida vigilando la casa al mismo tiempo que todos los paparazzi iban detrás de Marla? –Alex se pasó una mano por los cabellos–. Escucha, ¿por qué no me dejas ayudarte? Considéralo una forma de compensación por lo ocurrido en el pasado.

–¿Quieres darme dinero porque me echaste de tu cama para inmediatamente después destruir la vida de mi padre? –preguntó ella, furiosa–. ¿Qué buscas, la absolución? ¿En serio crees que puedes compensarme por lo ocurrido con dinero? Ni siquiera sabes cuánto necesito. ¿Cien mil dólares? ¿Quinientos mil dólares? ¿Qué te parece un millón? ¿Cuánto estás dispuesto a pagar para acallar tu sentimiento de culpa?

–¡Es suficiente!

–¡Ninguna cantidad de dinero será suficiente jamás! –le espetó ella–. Yo tenía sólo diecisiete años y estaba loca por ti, me parecías el hombre más guapo que había visto en mi vida. Me trataste como a una reina durante semanas, pero el sueño se acabó en una noche. Al día siguiente, destruiste a mi padre. Te reíste de los dos. Nos humillaste a los dos. ¿Y ahora piensas que puedes compensarme con dinero? Ni lo sueñes.

–¡Tu padre se merecía lo que le pasó!

–Eso es lo que tú dices. De ser así, se lo hiciste pagar con creces. Pero… ¿y yo? ¿También yo me lo merecía?

Alex apartó el rostro de ella, reviviendo el viejo odio que había sentido por el padre de Saskia. Y también sintió odio hacia sí mismo por haberse convertido en el hombre que ahora era. Pero…

¿qué podía decir? Saskia tenía razón, ella no se había merecido nada.

—Podría haber sido peor —declaró Alex por fin.

—¿Eso crees? ¿Cómo sabes si podría haber sido peor?

—Podría haber acabado lo que empecé. Podría haberte hecho el amor.

Capítulo 7

SE HIZO un tenso silencio. Por fin, Saskia lo quebró.

–Tienes razón –dijo ella–. Menos mal que me libré de eso.

Alex, con expresión satisfecha, se miró el reloj.

–Ahora hay una serie de discursos; después, nos iremos.

–¿Tan pronto? Qué pena, ahora que lo estábamos pasando tan bien.

Con un gruñido, Alex la dejó ir a los servicios de señoras mientras él iba a hablar con los organizadores del acto.

El interior de los servicios de señoras era una especie de santuario, con paredes cubiertas de terciopelo, lujosas cortinas y sillones; parecía un cuarto de estar.

Saskia se acercó a los lavabos y se mojó la cara con una toalla.

En ese momento, la puerta se abrió y, por el espejo, lo primero que vio fue un vestido color plata. Lanzó un silencioso gruñido. Era la última persona a la que quería ver en el mundo. Carmen. Aquel santuario, de repente, se le antojó un infierno.

–¿Algún problema con tu novio? –preguntó Carmen.

–No. Creo que se me ha metido algo en el ojo –respondió Saskia, metiéndose una punta de la pequeña toalla debajo del párpado. Luego, dejó la toalla.

–Bien, ya está –declaró Saskia, fingiendo haberse sacado algo del ojo. Luego, se volvió, dispuesta a marcharse–. Alex ha dicho que ya van a empezar los discursos, tengo que irme.

–No vas a ganar. El trabajo va a ser mío –dijo Carmen sin poder disimular el odio que sentía por su compañera de trabajo.

–Pareces muy segura de ti misma –respondió Saskia con calma–. En ese caso, buena suerte con tu perfil.

–¿Cómo lo has conseguido? –preguntó Carmen.

–¿Cómo he conseguido qué?

–Que Alex te haya propuesto el matrimonio. Creía que sería la última persona en el mundo con la que tú querrías casarte después de haber destruido la empresa de tu padre.

Saskia no pudo disimular su sorpresa.

–¿Lo sabías? ¿Cómo demonios…?

Carmen sonrió, pero fue una sonrisa llena de despecho.

–Soy una profesional. ¿Acaso crees que iba a permitir que designaran el sujeto de tu perfil al azar? ¿Quién crees que sugirió el sujeto de tu perfil?

Saskia lanzó una carcajada.

–No es posible que lo digas en serio. La junta directiva jamás te permitiría semejante cosa.

–No me resultó difícil, te lo aseguro –presumió Carmen, fingiendo interés en sus uñas granate–. Una palabra aquí, una insinuación allí… Al final, eligieron a Alex para ti creyendo que la elección había sido suya. Pero tú lo estás estropeando todo. En mis planes no entraba que te gustara ese tipo y mucho menos que fueras a casarte con él.

Carmen esbozó una sonrisa de desprecio; parecía dispuesta a dar el golpe de gracia cuando añadió:

–Pero ahora eso también está jugando a mi favor. Los miembros de la junta están empezando a pensar que no eres la persona adecuada para el puesto; sobre todo, teniendo en cuenta que puede que pronto pidas la baja de maternidad. Es decir, si es que no estás ya…

Carmen clavó los ojos en el vientre de Saskia con expresión acusadora.

–¿Te ha dejado preñada ya?

Saskia reprimió las ganas de abofetear a aquella mujer.

–¿No te parece improbable? No olvides que sólo llevamos juntos una semana.

–El tiempo suficiente para prometeros, ¿no? Dime, ¿cómo es en la cama? Drago es muy efusivo, pero carece de delicadeza. Apostaría a que Alex no carece de nada.

–¿Quién te ha dicho que me he acostado con él?

–Te vas a casar con él, ¿no? Ningún hombre en la situación de Alex accedería a comprometerse sin haber probado antes la mercancía.

–¿Y si te dijera que no hay semejante compromiso matrimonial? ¿Y si te dijera que no vamos a casarnos?

–En ese caso, diría que me das pena. Porque eso significaría que pronto vas a encontrarte sin trabajo y sin novio –Carmen suspiró dramáticamente–. Cosa que me va a divertir enormemente.

Saskia suspiró profundamente.

–Debes estar desesperada por conseguir el trabajo si estás dispuesta a mentir y a hacer trampas.

–Sí, así es. Y lo voy a conseguir –contestó Carmen.

Saskia había oído suficiente. Se dirigió a la puerta y, al llegar, volvió la cabeza y miró a Carmen.

–No cuentes con ello.

–Te has perdido los discursos.

Alex le puso la estola sobre los hombros y ella le dio las gracias, aún pensando en la conversación que había tenido con Carmen.

Desde el otro lado del vestíbulo, Drago movió una mano, llamando su atención como si quisiera hablar con ellos. Alex la empujó hacia la puerta, ignorándole.

–Vámonos –dijo él.

–Drago…

–Sí, ya le he visto –respondió Alex, pero continuó andando, dirigiéndola hacia el portero y la fila de limusinas.

El portero abrió la puerta trasera del vehículo y esperó a que Saskia se recogiera la falda del vestido y entrara.

–Me da la impresión de que no te gusta mucho Drago, ¿o me equivoco?

–¿Por qué dices eso? –preguntó Alex, siguiéndola al interior del coche.

La limusina se alejó, pero ha Saskia le había picado la curiosidad.

–Pienses lo que pienses de él, yo diría que tenéis bastante en común –comentó ella–. Los dos sois hombres de éxito en los negocios y a los dos os gusta evitar a la prensa. Y ambos sois miembros de la Fundación Baxter.

La mandíbula de él se tensó.

–¿Todavía no se te ha ocurrido pensar que algunas personas prefieren mantenerse al margen de la vida pública porque prefieren que su vida privada sea eso, privada? Otras personas, por el contrario, lo prefieren con el fin de evitarse problemas.

El significado de las palabras de Alex le resultó claro.

–¿Quieres decir que Drago está metido en negocios sucios?

Los ojos negros de Alex se clavaron en los suyos.

–He hecho negocios con él en el pasado y he decidido que jamás volveré a hacerlo.

–¿Está metido en negocios sucios entonces?

–Digamos que deberías alegrarte de no ser tú la persona que está haciendo su perfil.

Alex se puso más cómodo en su asiento, aliviado de que Saskia no tuviera a Drago como sujeto de su perfil. La idea de las manos de ese hombre en las dulces curvas de Saskia le ponía enfermo. Ella aún era virgen. Demasiado exquisita para los tipos como Drago.

Era demasiado exquisita para cualquiera.

Pero eso no le impedía desearla.

¡Y le estaba resultando casi imposible no hacerle el amor!

—¿Y tú, a qué tipo perteneces? —preguntó ella con voz suave, sacándole de su ensimismamiento.

Alex se volvió para mirarla.

—¿Qué quieres decir?

—¿Eres celoso de tu intimidad o tienes algo que esconder? —le preguntó Saskia.

—¿Tú qué crees?

Saskia le observó unos instantes.

—Sé que antes no te molestaba tanto salir en los periódicos o revistas. Por lo tanto, es de suponer que ha ocurrido algo.

A Alex no le gustó el rumbo que estaba tomando la conversación. A Saskia tampoco le gustaría si él hablaba claramente.

—¿Estás olvidándote de Marla? ¿No crees que ella es motivo suficiente?

Saskia le miró fijamente a los ojos.

—Puede ser. Pero también es posible que estés intentando ocultar algo. ¿Por qué desapareciste de la faz de la tierra de repente?

Se hizo un espeso silencio. ¿Debía contarle que todo empezó aquella noche?, se preguntó Alex. ¿Debía contarle que se había dado cuenta del hombre en el que se estaba convirtiendo y que prefirió huir?

En ese momento, el coche se detuvo delante de las puertas del hotel.

—Colaboraré contigo en lo del perfil –dijo Alex por fin mientras salían del coche–. Y te daré el tiempo que necesites para hacerlo… pero quiero algo a cambio.

—¿Qué? –preguntó ella casi con entusiasmo. Para ganar a Carmen, necesitaba la colaboración de Alex.

—Quiero que me garantices que mantendrás a Marla al margen de todo. No quiero que tengas nada que ver con ella y no quiero que la menciones en tu artículo. ¿Entendido?

Saskia estaba a punto de acceder cuando recordó el escrito que tenía en la maleta, el escrito que había prometido leer. Había hecho una promesa a Marla y no podía romperla, por mucho que Alex lo exigiera. No obstante, no era algo que ella iba a incluir en su perfil.

—Mi artículo es sobre ti, no sobre Marla. No tengo ningún deseo de incluirla en tu perfil.

Alex le taladró con la mirada.

—Espero que así sea –fue todo lo que Alex dijo.

A solas en su habitación en el hotel, cubierta con el albornoz, Saskia se acomodó en la cama, boca abajo, con una almohada en el vientre y el cuaderno de notas que Marla le había dado; aunque Marla le había dicho que lo había escrito una amiga, Saskia sabía que la autora era ella. No obstante, no estaba muy esperanzada; para publicar aquello, debía estar bien escrito. Esperaba que Marla lo comprendiera.

Con desgana, abrió el cuaderno de notas al que Marla había titulado *Desde dentro*, con la idea de ser capaz de ofrecer una crítica honesta, aunque suave, una crítica que no destrozara las aspiraciones y las esperanzas de aquella mujer. Era evidente que Marla necesitaba algo que le devolviera la confianza en sí misma. Quizá ese algo fuera escribir.

Saskia empezó a leer.

Leyó sobre una jovencita intentando encontrar su lugar en el mundo, una jovencita cuya vida cambió cuando descubrió el sexo a los quince años con un hombre mucho mayor que ella, una jovencita a la que el acto sexual le entusiasmó y decidió experimentar.

El escrito hablaba de la muerte de los padres de la joven al incendiarse el barco en el que viajaban por el mar y de cómo se había lanzado ella a una carrera de matrimonios y divorcios. Hablaba de los placeres y los desastres de su vida y de su interminable coqueteo con el mundo de los famosos. Hablaba de todo: drogas y alcohol, clínicas de rehabilitación, terapias…

El escrito hablaba de una mujer que necesitaba curarse, una mujer que reconocía que había llegado el momento de madurar emocionalmente.

La prosa era magnífica. El estilo era crudo, pero intachable. Era brutal y honesto, hablaba de la autora tal y como ella se sentía, sin adornos. A veces, incluso era gracioso e irónico.

Horas después de haber empezado y con lágrimas en los ojos, Saskia cerró el cuaderno de notas.

Marla era una mujer excepcional. Si ella podía hacer algo por ayudarla, lo haría. Estar en Nueva York era perfecto, conocía allí a la persona adecuada para entregarle el escrito. Era una antigua compañera de la revista que ahora trabajaba en una editorial en Nueva York.

Siguiendo un impulso y guiada por su entusiasmo, agarró el teléfono antes de darse cuenta de la hora que era. No faltaba mucho para que amaneciera. Se metió en la cama y apagó la luz, sintiéndose contenta consigo misma. Llamaría cuando se despertara.

Alex estaba llamando a la puerta cuando Saskia salió del ascensor justo antes de que dieran las doce del mediodía.

—Estoy aquí —respondió Saskia.

—¿Dónde demonios te habías metido? —preguntó él con brusquedad—. Llevo siglos llamándote.

—Por ahí. Me apetecía… dar una vuelta.

—El coche va a venir a recogernos dentro de diez minutos —le dijo Alex, entrando detrás de ella en la habitación.

—No hay problema, ya he hecho las maletas.

Saskia no se molestó en quitarse la chaqueta, aunque estaba sudando de lo que había corrido por volver lo antes posible. Dejó el bolso en un sillón y fue al baño a recoger los artículos de aseo. Los metió en una bolsa y, al darse la vuelta, se dio de bruces con Alex, que la agarró de las caderas.

—¿A qué tanta prisa?

–Has dicho que el coche...

–Hay tiempo –Alex le puso una mano en la barbilla y la obligó a alzar el rostro–. Estás colorada.

Saskia sabía que el rubor de sus mejillas no se debía tan sólo a lo que había corrido; se debía, en parte, al alivio que sentía tras realizar la tarea que se había propuesto. Su antigua compañera de trabajo, tras leer el primer capítulo de los escritos de Marla, se había mostrado tan entusiasmada como ella. Estaba deseando volver a Tahoe para decirle a Marla que la editora estaba considerando seriamente la posibilidad de publicar su trabajo.

En cuanto a los demás motivos de su rubor... Se debía exclusivamente a Alex, a su proximidad.

–He corrido unas manzanas.

–Quizá debieras descansar un poco –dijo él con voz ronca.

¿Por qué le decía que descansara? ¿A qué venían las prisas que Alex había parecido tener unos minutos antes?

–Gracias, lo haré. Y ahora, si no te importa, voy a terminar de hacer el equipaje.

Alex la soltó, se acercó a la puerta y se quedó allí, mirándola mientras terminaba de recoger.

–Bueno, ya estoy lista –anunció Saskia.

Alex se apartó de la puerta para seguirla.

–Antes de marcharnos... Anoche te ofrecí dinero –dijo Alex–. Tú te negaste a aceptarlo, pero quizá lo hayas pensado mejor. Quizá hayas cambiado de idea. Lo que quiero decir es que la oferta aún sigue en pie.

Saskia cerró los ojos unos segundos y respiró

profundamente. Anoche había hablado demasiado, demasiado. Había reaccionado con demasiada cólera, quizá revelando que aún le dolía lo ocurrido años atrás.

¡Pero ya no le dolía! Lo había superado.

—No —dijo ella, agarrando el bolso y colgándoselo del hombro—. No deberías haberme ofrecido dinero. Pero dejemos de hablar de ello. Olvidemos el pasado y centrémonos en el presente.

Alex se acercó un paso a ella.

—Saskia, piénsalo bien. Podrías olvidarte de esa carrera por conseguir el puesto de trabajo. Podrías dejar tu revista ahora mismo.

Saskia dio un paso atrás.

—¡No me toques!

La mirada de Alex se tornó gélida.

—Nunca me perdonarás por lo que pasó, ¿verdad?

—¿Por qué iba a hacerlo? No puedes comprarme. No debería haber ocurrido.

—Digamos que tenía mis razones.

—¡Qué! ¿Ahora vas a decirme que tenías motivos para hacer lo que hiciste? Qué poca vergüenza. No puedo ni imaginar qué motivos podían justificar tu comportamiento y no quiero saberlo.

—No, supongo que no quieres saberlo —murmuró Alex.

A la mañana siguiente, cuando Saskia salió al embarcadero, Marla ya estaba allí esperándola. Debía de estar ansiosa por tener noticias.

—¿Qué tal la fiesta? —le preguntó Marla con una nerviosa sonrisa.

—Bien.

—Me alegro.

Por el nerviosismo que mostraba, Saskia se dio cuenta de que Marla tenía miedo de preguntar por sus escritos.

—Marla, respecto a los escritos...

—¿Sí?

—Sé que tú eres la autora.

Marla, con la cabeza baja, se agarró del brazo de Saskia.

—Perdona. Creía que, si te decía que eran míos, te negarías a leerlos. En serio, quería saber tu opinión —Marla la miró a los ojos—. ¿Lo... has leído? ¿Qué te ha parecido?

Saskia sonrió.

—Bueno, en primer lugar... sabes lo difícil que es publicar algo, ¿verdad? Algunos pasan años antes de que alguien les publique.

La expresión de Marla ensombreció instantáneamente.

—No está bien escrito, ¿verdad?

—En mi opinión, lo que has escrito es muy bueno.

—¿En serio? ¿Lo piensas de verdad?

Saskia se echó a reír.

—Sí, completamente en serio.

Aún agarrada del brazo de Saskia, Marla dio saltos de alegría.

—Fantástico. En ese caso, ¿cuál es el problema?

—El problema es que no quiero que te ilusiones excesivamente. Le he dejado los escritos a una editora de Nueva York amiga mía, pero eso no significa...

—¿De verdad una editora está leyendo lo que yo he escrito? ¿Mi libro? —Marla le soltó el brazo y se llevó ambas manos a la boca—. No puedo creerlo. ¡Saskia, gracias, gracias, muchas gracias!

Marla la abrazó con fuerza.

—Desde luego, es buena señal —dijo Saskia—. Pero no te desilusiones mucho si deciden no publicar lo que has escrito, ¿de acuerdo? Hay otras editoriales, así que no quiero que te desinfles. Estoy segura de que si ellos te rechazan, antes o después acabarás publicándolo, pero tienes que tener paciencia.

—¡Dios mío, no puedo creerlo! —exclamó Marla, abrazándola otra vez—. No sabes cuánto me alegro de que hayas venido. Es la mejor noticia que he tenido en la vida.

Pasearon por la orilla del lago charlando amistosamente, Marla haciendo comentarios respecto a algunos puntos de su obra. En un momento, Saskia se apartó el cabello del rostro.

—Este pelo me tiene harta.

Marla la miró.

—A mí me encanta. Los rizos te sientan muy bien y el color es precioso —Marla se bajó la capucha de la chaqueta y se pasó una mano por su cabello rubio platino—. ¿Crees que este color me sienta bien? Me parece que voy a cambiarlo.

Saskia sonrió. Sí, un color más cálido le sentaría mejor a Marla.

—Sí, cámbiate de color de pelo.

De repente, una voz irrumpió en aquel ambiente de camaradería.

—¡Marla!

Marla se volvió.

—Dios mío, no, me he retrasado. Es Jake, me está buscando. Ese tipo me está volviendo loca. En fin, será mejor que vuelva corriendo.

Marla besó a Saskia en la mejilla y, apresuradamente, emprendió el camino de regreso a la casa.

Por fin, Saskia encontró la oportunidad de trabajar. Alex había cumplido su palabra y la había invitado a su impresionante despacho, con todo tipo de equipo electrónico incluso para tener conferencias por vídeo.

—¡Vaya! —exclamó Saskia, contemplando la pantalla y tomando unas fotos que, por fin, él le permitía tomar—. Aquí tienes todo lo que necesitas para dirigir tus negocios, sean donde sean.

—Así es. Ahora que mis intereses profesionales están tan expandidos, no puedo estar en todos los sitios al mismo tiempo. Desde aquí, puedo controlar la mayor parte de mis asuntos.

Alex sacó unos archivos del archivador de madera de roble mientras ella contemplaba las fotografías que él tenía encima de su escritorio. Había una muy antigua de su familia al lado de un barco de pesca. Ella la tomó en sus manos y sonrió. En la foto, Alex debía tener alrededor de diez años, estaba cruzado de brazos y esbozaba una sonrisa muy traviesa mirando a la cámara. Marla estaba a su lado, una quinceañera de largas piernas y muy guapa. Sus padres estaban detrás de ellos. Marla había mencionado que murieron en un accidente en el mar. ¿En ese mismo barco?

—Mis padres —dijo Alex con voz queda, quitándole la foto de las manos y dejándola de nuevo en el escritorio.

—¿Cuántos años tenías cuando murieron?

Alex suspiró.

—Catorce.

—No es justo. Mi madre murió cuando yo era muy pequeña; ni siquiera me acuerdo de ella. Debió de ser terrible para ti perderla de adolescente.

—¿De qué murió tu madre?

—De cáncer de mama. Tenía miedo de ir al médico; cuando lo hizo, era ya demasiado tarde. Pero yo era un bebé. No quiero ni imaginar perder a ambos padres de adolescente en un accidente tan horrible. Debió de ser horroroso.

Alex la miró con el ceño fruncido.

—¿Cómo sabes la forma como murieron mis padres? No recuerdo habértelo dicho.

Saskia tragó saliva; lo había leído en los escritos de Marla.

—He debido de leerlo en alguna parte. Quizá en una de mis notas de referencia.

Alex se quedó meditabundo unos momentos.

—A veces, creo que cuando murieron de verdad fue cuando perdieron el negocio. Les dejó destrozados —Alex se sentó frente a ella—. En fin, si quieres ese perfil, será mejor que empecemos. Aquí tengo preparadas unas cosas para que les eches un ojo…

La llamada llegó horas después, cuando seguían en el despacho. El sol de media tarde se filtraba por las ventanas y la brisa mecía las cortinas.

Alex escuchó durante unos momentos antes de pasarle el auricular a ella.

—Es para ti, de Londres. Un tal Rodney Krieg.

Saskia agarró el auricular mientras Alex se recostaba en el respaldo de su asiento con los brazos detrás de la cabeza y las piernas cruzadas encima del escritorio.

—Sir Rodney, no esperaba que se pusiera en contacto conmigo tan pronto.

—Saskia, querida, ¿qué tal te va?

—Muy bien. Estoy ya trabajando en el perfil —Saskia asintió, mirando a Alex—. El señor Koutoufides está colaborando de pleno conmigo. Creo que estará terminado dentro de una semana.

—Ah, respecto al perfil…

Un escalofrío recorrió el cuerpo de Saskia.

—¿Qué pasa? ¿Algún problema? —preguntó ella con voz tensa.

Alex se inclinó hacia delante.

—Bueno, es sólo que los de la junta están algo preocupados…

La tensión se transformó en profundo temor.

—¿Qué pasa?

—Se rumorea que puede que te retires de la competición por el puesto.

–¿Por qué iba yo a hacer semejante cosa? Llevo trabajando doce meses para conseguirlo. ¿Por qué iba ahora a retirarme?

–Podría resultarte difícil ocupar un puesto que exige tanta dedicación en Londres cuando piensas irte a vivir a otra parte y empezar a tener hijos. Como ya te he dicho, es un trabajo que exige mucha dedicación. Espero que lo entiendas.

A Saskia le dio un vuelco el corazón. No daba crédito a sus oídos.

–No, no, Sir Rodney. Creo que ya se lo había explicado. No me voy a casar, el noviazgo no es real. Es sólo de cara al público con la idea de desviar la atención, para que la prensa pierda interés en Marla. Es evidente que el truco está funcionando; de lo contrario, los de la junta no lo habrían creído.

–Vamos, Saskia, sé perfectamente lo que me dijiste –dijo él sin convicción–. Pero se te está olvidando una cosa: Carmen os vio ayer por la noche en el acto de la Fundación Baxter y ha dicho que se os veía muy enamorados; además, Koutoufides ha anunciado que la boda va a tener lugar muy pronto. También se rumorea que puede que no falte mucho para que tengáis un hijo.

Saskia se quedó inmóvil.

–¿Es Carmen quien ha corrido esos rumores? Anoche, me dijo que estaba dispuesta a hacer lo que fuera por conseguir el trabajo. ¿Es que no comprende lo que Carmen está haciendo?

–¿Tiene importancia quién ha corrido el rumor si resulta que es cierto?

—¡Naturalmente que importa! Por favor, Sir Rodney, créame. ¡No va a haber ninguna boda! Ya se lo he dicho, no soy la prometida de Alex Koutoufides.

—Lo siento, Saskia —dijo Sir Rodney con impaciencia—. Sé que el puesto de editora en jefe significa mucho para ti y sé lo mucho que has trabajado para conseguirlo, pero los de la junta están convencidos de que estáis prometidos. No quieren correr el riesgo de darte el trabajo para que, al poco, lo dejes. Es un puesto demasiado importante.

—¡No lo dejaría!

—Además, Carmen ya ha entregado un informe preliminar de su perfil. Es excelente, justo lo que queríamos. La verdad es que la junta se está preguntando si tiene sentido seguir con la competición.

—Pero Sir Rodney…

—Lo siento, Saskia. Te aconsejo que presentes oficialmente tu retirada de la competición, y cuanto antes mejor.

Saskia se quedó con el auricular pegado al oído después de que Sir Rodney colgara. Colgar era reconocer que le habían robado su sueño.

Había hecho todo tipo de sacrificios y no le había servido para nada.

Y todo debido a un hombre.

Al hombre sentado frente a ella.

¡A Alexander Koutoufides!

Por fin, Saskia colgó el teléfono.

—¿Qué pasa? —le preguntó Alex—. ¿Qué ha ocurrido?

Saskia se levantó; no podía controlar el temblor de sus músculos.

—¡Maldito seas! —exclamó ella—. ¡Maldito seas! Si no se te hubiera metido en la cabeza anunciar que estábamos prometidos, si no le hubieras dicho a todos los periodistas que nos íbamos a casar pronto...

—Eh, ¿qué iba yo a hacer si no? —Alex se levantó de su asiento, rodeó el escritorio y se acercó a ella.

—Estoy fuera de la carrera por el nuevo puesto. La junta directiva ha decidido que no me pueden dar ese puesto de trabajo por bueno que sea el perfil que les presente, y todo porque se supone que voy a ser una mujer casada.

—Creía que les habías explicado lo que pasa.

—¡Y lo he hecho! Pensaba que les había convencido. Pero insististe en llevarme contigo a Nueva York, insististe en que me pusiera el anillo de tu madre y que se lo enseñara a todo el mundo, incluida la persona con la que competía por el puesto. Y luego le dijiste a la prensa que nos íbamos a casar en breve. Y ahora he perdido la posibilidad de conseguir ese trabajo. ¡Y es culpa tuya!

—No es posible que te hagan eso. Que estés casada o no es irrelevante para conseguir un trabajo. Lo que están haciendo es discriminatorio.

—¡No! Esperan que me retire; sobre todo, ahora que Carmen les ha presentado un informe preliminar y les ha gustado. Ni siquiera están ya interesados en ver lo que escribo.

Saskia respiró profundamente. Debía haber algo que pudiera hacer. Tenía que haber algo.

—Quizá la situación no sea tan mala como crees.

—No tienes ni idea de cómo es la situación. No tienes ni idea de lo que me has hecho ni de lo que me va a costar. Me destrozaste la vida hace ocho años y me la has vuelto a destrozar.

Alex la estrechó en sus brazos, intentando calmarla, mientras ella se deshacía en sollozos contra su cuerpo. Lo único que podía hacer por ella en esos momentos era sostenerla, esperar con paciencia a que se desahogara.

El problema era que... no podía esperar.

Saskia estaba en sus brazos, apasionada, desesperada; y él era presa de la suficiente pasión y desesperación para aprovecharse de la situación. ¿Cómo podía resistir los erráticos latidos del corazón de Saskia, la frenética ascensión de sus pechos, su aroma, la dulce sensación de sus curvas pegadas a su cuerpo? ¿Por qué iba a molestarse en resistir?

Alex bajó la cabeza y la besó en la cabeza, enterrando los labios en aquellos cabellos revueltos, inhalando su aroma de mujer.

La sintió contener la respiración. Al ponerle los dedos en la barbilla y alzarle el rostro, vio sombras y lágrimas en aquellos ojos verdes, pero también vio calor. Y los labios de Saskia estaban húmedos, rosados y entreabiertos.

Alex sacudió la cabeza. ¿En qué demonios estaba pensando? Pero ¿tenía importancia? ¿No era lo más natural del mundo?

Hundió la boca en la de Saskia porque era inevitable.

Ella se quedó muy quieta unos instantes; luego, se relajó mientras él la besaba.

Pronto, Saskia le devolvió beso por beso, exigentemente. Le acarició el cuerpo y se apretó contra él, como si quisiera formar parte de él. Luego, empezó a desabrocharle los botones de la camisa, a bajarle la cremallera de los pantalones… ¿Se daba cuenta de lo que estaba haciendo? ¿Tenía idea de la invitación que le estaba presentando?

–*Sto thiavolo* –murmuró él junto al oído de Saskia, estremeciéndose de deseo.

Al demonio con todo.

Saskia quería que siguiera besándola y él no podía parar.

–¿Qué haces? –le preguntó ella con voz espesa, con voz llena de deseo, cuando él la tomó en sus brazos y emprendió el camino hacia su dormitorio.

Alex le besó la frente antes de contestar:

–Algo que deberíamos haber hecho hace mucho tiempo.

Capítulo 8

EN LA vida a uno no se le presentaba la misma oportunidad dos veces, mucho menos tres. Alex lo sabía. Con Saskia se le presentó ocho años atrás, pero él la había desaprovechado y había aceptado las consecuencias. Sabía que la forma como la había tratado había sido una equivocación.

Pero ahora se le presentaba una segunda oportunidad y, esta vez, no iba a desaprovecharla. Era un regalo del cielo.

La tumbó en la cama con la intención de desnudarse antes de tumbarse con ella; pero al mirarla a los ojos, se dio cuenta de que no tenía tiempo, que su lugar era con ella allí, en la cama, ya. Sólo se tomó el tiempo necesario para quitarse los zapatos y se tumbó completamente vestido; luego, la abrazó.

–*Agape mou* –le susurró en griego, porque el inglés le pareció inadecuado para expresar lo que sentía–. Eres tan hermosa…

Y se lo demostró con labios y manos.

Quería saborearla entera, toda ella al mismo tiempo. Y Saskia también parecía arder en deseo.

Era virgen. Lo había sido ocho años atrás y seguía siéndolo. Se estaba entregando a él, confiando en él la responsabilidad de enseñarle la magia del amor.

Era un regalo precioso. Un regalo que no iba a volver a rechazar.

La acarició con ardor, con pasión. Se deshizo de la ropa, el encaje y todo lo que se interponía entre él y la piel desnuda de Saskia. Le cubrió los pechos con las manos. Le chupó los pezones y la sintió arquearse bajo él, la oyó gritar de placer mientras tiraba de su camisa, exigiendo más.

Alex se quitó los pantalones vaqueros y se los quitó a ella, descubriendo la suave y aterciopelada piel de las largas piernas de Saskia.

Le recorrió las piernas con las manos y luego se las cubrió con besos.

Le colocó las manos en la parte superior de los muslos y jugueteó con el elástico de las bragas de seda. Ella le puso las manos en la cabeza, hundiendo los dedos en sus cabellos.

—Alex —gritó Saskia.

Pero no la había hecho sentir todo lo que ella era capaz de sentir. Ocultó el rostro en ella y aspiró el aroma de su deseo, un aroma hecho para él, para aquella ocasión. Un aroma que le volvió loco de pasión.

En un instante le quitó las bragas y la hizo separar las piernas para hundir la lengua dentro de ella y saborear su dulzura.

Saskia volvió a gritar, aferrándose a él, movió la cabeza frenéticamente, a un lado y a otro.

—Por favor… por favor… —rogó ella.

Alex quería complacerle. Quería demostrarle lo

hermoso que podía ser. Lo maravilloso que tenía que ser. Alzó la cabeza y la tocó con los dedos, mojándolos en su líquido, penetrándola con ellos.

—¡Alex!

Saskia era virgen y tenía que ir con cuidado. Sabía que tenía que tomarse el tiempo que hiciera falta con el fin de que fuera una experiencia maravillosa para ella. Pero la desesperación que oyó en su voz destruyó sus buenas intenciones.

Presa del deseo, se colocó entre las piernas de ella, abriéndoselas, antes de recordar que necesitaban protección. Se encargó de ello, sólo fue un mínimo retraso.

Ya estaba listo. Saskia se agarró a él, le rodeó el cuello con los brazos, le besó y recibió su lengua dentro de la boca como pronto le recibiría a él.

Alex la penetró con un movimiento suave, limpio, rápido y sin dolor que a ambos les dejó sin respiración y a ella sin virginidad. Y ella se le aferró con unos músculos recién descubiertos que le incitaron a ir más adentro. Hasta el fondo.

Alex estaba perdido; la pasión de Saskia le llevó al otro lado del abismo. Ella se quedó muy quieta, deshaciéndose en sus brazos, sus músculos contrayéndose alrededor de él, haciéndole estallar.

Ambos yacían recuperando el ritmo de sus respiraciones, con las extremidades pesadas, inmóviles. Alex oyó el ritmo de la respiración de Saskia, una mujer de exquisitas curvas y amplia boca, una mujer a la que abrazar, a la que amar.

«*Theos!*». Su cuerpo se tensó y una oleada de pánico se apoderó de él.

¿Cómo se le había ocurrido semejante idea? No podía amarla. Nunca. Sólo había aceptado lo que se le había ofrecido, nada más.

Alex se separó de ella y se tumbó en la cama; de repente, sintió ganas de alejarse de allí. No obstante, se enterneció cuando ella se le acercó para apoyarse en él. La miró y vio que Saskia tenía los ojos cerrados. Incapaz de resistirse, alzó una mano y le acarició el rostro.

Ella abrió los ojos y le miró con lágrimas en ellos.

–¿Te he hecho daño?

De repente, Alex se sintió preocupado. No quería hacerla llorar.

–No. ¿Se supone que duele?

–Me alegro de que haya sido así –respondió Alex con cierta brusquedad.

No quería saber la razón por la que Saskia estaba llorando. No quería que la situación se complicara. Para ello, tenía que llevársela de allí lo antes posible.

–Mañana voy a llevarte de vuelta a Londres –declaró Alex sin poder evitar acariciarle el cuerpo.

–¿A Inglaterra? ¿Tienes que ir por asuntos de trabajo?

–No exactamente. Voy a llevarte para que hables con Sir Rodney y con los demás miembros de la junta. Voy a contarles la verdad. Voy a demostrarles que no existe ningún compromiso matrimonial.

–¿Harías eso por mí? –preguntó Saskia. Era más de lo que habría esperado de él; sin embargo, le resultó difícil mostrar alegría.

–Conseguir ese puesto de trabajo significa mucho para ti y corres el riesgo de perderlo por mi culpa. Es lo menos que puedo hacer.

«No es lo único que puedes hacer», quiso decirle ella. «Podrías…». ¿Qué? ¿Qué esperaba que Alex hiciera? ¿Que le declarase un amor incondicional? ¿Que se casara con ella porque habían hecho el amor?

No, ya no era una inocente adolescente… ya no era ni virgen.

De repente, encontró difícil pensar. Alex la estaba besando y acariciándole la piel con pasión. Y cuando volvió a penetrarla, dejó de pensar por completo.

Se movió dentro de ella, haciéndola jadear, haciéndola arquear la espalda. Esta vez, la sensación fue diferente, más profunda que antes, y el placer enloquecedor. Un placer que casi le dolió.

Mientras hacían el amor, Saskia se sintió poseída. Poseída por él.

Y también absorbiéndole.

Amándole…

No, no podía enamorarse de Alex. Pero saberlo no lo impidió.

Se maldijo a sí misma por amarle, por desearle con todo su cuerpo y su alma…

Saskia gritó mientras Alex la conducía al borde del precipicio, hasta alcanzar sus últimas consecuencias.

Saskia se sentía mal. Después de pasar la noche entera haciendo el amor, por la mañana, Alex había organizado el vuelo para volver a Londres. Habían aterrizado por la tarde y se habían ido a cenar al restaurante de un famoso hotel. Alex había pedido cita con Sir Rodney para primeras horas de la mañana siguiente y, si todo iba bien, ella tenía pensado ir a ver a su padre a primeras horas de la tarde. Con suerte, todo se arreglaría.

Ahora, Saskia, con una copa de vino en la mano, miraba por la ventana del hotel de Regents Park con gesto ausente mientras esperaba a que Alex volviera de hacer una llamada. Si conseguía el nuevo puesto de trabajo, se iría a vivir a los alrededores de Londres, pasaría los fines de semana con su padre y no volvería a ver a Alex.

Pronto, su relación con él habría llegado a su fin. Alex había estado muy tenso todo el día. Parecía tener tantas ganas de deshacerse de ella como ella de huir de él. ¿Por qué si estaba tan dispuesto a ayudarla a conseguir el trabajo?

Alex regresó a la mesa y le sonrió tensamente, disculpándose por haber tardado tanto mientras volvía a llenar de vino sus copas.

—Está confirmado. Vamos a entrevistarnos con Sir Rodney a las once de la mañana. Vamos a brindar por tu éxito.

Alzaron las copas y Saskia trató de ignorar el nudo que sentía en el estómago. Al fin y al cabo, aún le quedaba aquella noche con él, ¿por qué no disfrutarla al máximo?

—¿Te gustaría hacer algo después de la entrevista? No sé, ir a un museo o dar un paseo por el río en barco…

–Gracias, pero tengo planes –contestó ella.

Alex se encogió de hombros.

–Entiendo. ¿Y cuáles son esos planes?

Saskia respiró profundamente.

–Voy a ir a ver a mi padre.

Alex dejó la copa de vino en la mano tras una breve vacilación.

–¿Tu padre vive aquí, en Londres?

Saskia le lanzó una retadora mirada.

–¿Dónde creías que vivía? ¿Aún en Sydney? No, vino conmigo cuando me concedieron la beca para estudiar en la Escuela de Estudios Económicos de Londres. ¿Creías que iba a dejarle solo en Sydney después de lo que pasó? Mi padre estaba deseando salir de allí y empezar una nueva vida.

–¿Y lo ha hecho? –preguntó Alex, empleando, de súbito, un tono agresivo.

Saskia retorció la servilleta que tenía en su regazo. Su padre había hecho lo que había podido. Había intentado rehacer su negocio en Inglaterra, pero todas sus propuestas habían sido rechazadas. También había tratado de encontrar empleo, pero sin éxito; no querían ejecutivos tan mayores. Al final, había acabado recurriendo al juego y a las apuestas. Ella no tardó demasiado en descubrir que el juego había acabado con los ahorros de su padre y que las deudas empezaban a amontonarse.

–Los últimos años han sido duros –admitió Saskia.

–La vida es dura.

La tristeza de ella se evaporó en un segundo a causa de la crueldad del comentario de Alex.

–No esperaba que te mostraras comprensivo; sobre todo, sabiendo que arruinaste su negocio.

–Igual que él arruinó el de mi padre.

Saskia se puso en pie y dejó la servilleta encima de la mesa.

–No quiero oír nada más de este asunto.

Alex le agarró la muñeca.

–Siéntate –le espetó él. Luego, suavizó su tono de voz–. Siéntate, por favor. No debería haber dicho nada. No discutamos.

Tras vacilar un momento, Saskia volvió a ocupar su asiento.

Tomaron café y luego se dirigieron a la suite que Alex había reservado para ambos.

Una vez en el vestíbulo de la suite, Alex la abrazó. Al principio, Saskia aceptó aquellos brazos con resistencia, con los músculos tensos. Pero cuando Alex empezó a besarla, dicha resistencia se transformó en deseo.

Alex la condujo al dormitorio y se dejaron caer en la cama con dosel, piernas y brazos entrelazados, bocas unidas… hasta alcanzar el orgasmo.

Después, permanecieron tumbados sin moverse mientras recuperaban la respiración. Poco a poco volviendo a la normalidad.

–No te muevas –dijo Alex, y le dio un beso en la frente antes de levantarse.

Alex se dirigió al cuarto de baño y abrió los grifos de la bañera ovalada; después, echó un líquido de pompas de jabón. Cuando regresó al dormitorio, encontró a Saskia sentada delante del tocador envuelta en una bata quitándose las joyas.

Se acercó a ella, la besó y le dijo que fuera a meterse en la bañera, él la seguiría en un instante.

Mientras Saskia se metía en la bañera, Alex fue a por la botella de champán que estaba en una cubeta con hielo encima de una bandeja con dos copas. Descorchó la botella, llenó las copas y las agarró para llevarlas al baño cuando, de repente, se detuvo. Una luz intermitente del teléfono indicaba que alguien había dejado un mensaje en el contestador.

Estuvo a punto de no escuchar el mensaje, pero sería mejor hacerlo por si era Sir Rodney; cabía la posibilidad de que quisiera cambiar la hora de la cita. De cualquier manera, si jugaba bien sus cartas esa noche, Saskia no necesitaría ese trabajo. Saskia presentaría su dimisión. Quería pedirle que se fuera a vivir con él, que olvidaran el pasado y empezaran una nueva vida.

Él se encargaría de que a Saskia no le faltara nada.

Alex dejó la botella, se llevó el auricular del teléfono al oído y pulsó la tecla del contestador.

—¡Saskia!

Alex parpadeó al reconocer la voz. Una súbita angustia se apoderó de él. ¿Por qué demonios llamaba Marla a Saskia?

—Tengo unas noticias maravillosas. Me han hecho una oferta, quieren publicar mis memorias. Me han recomendado que me busque un agente, así que necesito que me ayudes. ¿Cuándo vas a volver? Llámame lo antes posible. ¡No puedo creerlo, van a publicar mi libro! ¡Y te lo debo a ti!

Capítulo 9

LA BAÑERA era un paraíso líquido, las burbujas le llegaban a la barbilla, la presión de los chorros de agua le masajeaban los músculos…

Saskia cerró los ojos con la cabeza apoyada en el borde de la bañera. Pero no iba a dormir. Pronto, Alex iba a reunirse con ella y comenzaría otro capítulo de su vida sexual.

Aquella noche no iba a pensar en nada. El mañana quedaba muy lejos…

Saskia le oyó entrar. Abrió los ojos y volvió la cabeza, esperando verle desnudo. Sin embargo, Alex llevaba unos pantalones vaqueros y una camisa abrochada, y su expresión era colérica.

—Alex —dijo ella con el ceño fruncido.

—Bruja —le espetó él—. ¿Creías que ibas a salírte con la tuya?

Saskia se incorporó hasta sentarse.

—Alex, ¿qué pasa?

—Toda esa basura sobre mi perfil y el nuevo puesto de trabajo. Todo ha sido un engaño. Un enorme engaño para encubrir lo que realmente querías.

—No te comprendo —Saskia se levantó, salió de

la bañera y se cubrió con una inmensa toalla bajo la oscura mirada de Alex–. ¿De qué estás hablando?

–¡De las memorias de Marla!

Un escalofrío le recorrió el cuerpo.

–¿Cómo lo sabes?

Alex esbozó una fría sonrisa.

–Ni siquiera puedes negarlo.

Saskia sacudió la cabeza y agarró otra toalla más pequeña para secarse las burbujas de jabón que se le habían adherido al cabello.

–¿Por qué iba a negarlo? Marla me pidió que las leyera.

Alex le quitó la toalla de las manos, obligándola a fijarse en él.

–¡Estás mintiendo! Desde el principio ibas a por ella.

–No sabes lo que dices. Marla me pidió que las leyera y eso fue lo que hice. Y lo que ha escrito es muy bueno. Se lo pasé a una editora amiga mía en Nueva York, tal y como Marla quería que hiciera.

–¡Te dije que te mantuvieras alejada de ella!

–Y lo hice. Ella vino a buscarme, no al revés.

–Mientes.

–¡Es la verdad! No es culpa mía, sino tuya. Marla y yo estábamos en diferentes celdas, pero era tu cárcel.

–Me prometiste en Nueva York que no te ibas a acercar a ella.

–¡No! Te prometí que el perfil era sobre ti, que no tenía nada que ver con tu hermana –le recordó Saskia–. Además, ya había leído el manuscrito de Marla y no iba a romper la promesa que le había hecho.

—Eso no me lo dijiste.

—¿Por qué iba a decírtelo? Sabía cómo reacciona-
rías, y Marla también lo sabía. Pero me rogó que
lo leyera —Saskia le miró fijamente, furiosamente—.
¿Qué ha pasado? ¿Ha llamado Marla?

Saskia pasó por delante de él y salió del baño;
necesitaba vestirse. No podía mantener esa conversación desnuda.

—¿Ha dejado un mensaje? —respondió Alex, siguiéndola—. Una editorial, supongo que una editorial basura, le ha ofrecido publicar sus escritos.

Saskia, con las manos llenas de ropa, se dio media vuelta.

—¿Le han hecho una oferta? Es una noticia maravillosa. Debe de estar encantada. No es posible que
no te des cuenta de la maravillosa oportunidad que se
le ha presentado.

Alex se le acercó.

—Lo único que sé es que has logrado que los
sórdidos detalles de la vida privada de mi hermana
vayan a salir en los periódicos.

—No van a salir en los periódicos y no se trata de
sórdidos detalles de la vida privada de tu hermana.
Si lo que dices es verdad, y espero que lo sea, se
trata de publicar un libro. ¿Tienes idea de lo difícil
que es conseguir que te publiquen un libro?

—La sordidez siempre encuentra mercado.

—¿Cómo te atreves a decir eso? Estamos hablando de lo que tu hermana ha escrito. Y si te mo-
lestaras en leerlo, verías que es un relato maravi-
llosamente escrito sobre la vida de una persona y
su lucha por encontrar su lugar en el mundo. Nada

más. Y es divertido, ingenioso, tierno y sabio. ¿A que no sabías que tu hermana tiene talento? Apuesto a que no sabías que tu hermana escribía.

Alex apartó la mirada de ella y Saskia se dio cuenta de que había tocado un punto débil.

–Marla es una buena escritora –continuó Saskia–. Esto puede incluso ser el comienzo de una carrera como escritora para ella. ¿Es que no te gustaría? ¿No te gustaría que tuviera una vida llena y que se sintiera satisfecha consigo misma? ¿O prefieres seguir haciendo de hermano responsable y decidir lo que Marla puede o no puede hacer? Te aseguro que Marla quiere libertad y no quiere que se le trate como a una niña pequeña.

–Marla necesita ayuda.

–No, lo que necesita es libertad. Tú la tienes encerrada. No me extraña que busque llamar la atención. La tienes encerrada y no la dejas descubrir qué clase de persona es realmente.

–¿Y tú crees que sabes lo que a Marla le conviene?

Saskia vio dolor en los ojos de Alex.

–Escucha, sé que la quieres mucho, pero deberías dejarla que asumiera responsabilidad sobre sus propios actos. Sé que eso es lo que Marla quiere.

–¿Y la forma para conseguirlo es sacar a la luz tus trapos sucios? ¿Por qué no la has dejado en paz? ¡Te dije que la dejaras en paz!

–Alex, escucha…

–Marla estaba bien hasta que apareció tu familia. ¿Qué derecho tienes a destrozarle la vida? ¿No es suficiente con que lo hiciera tu padre?

Las palabras de Alex la silenciaron. ¿Por qué Alex odiaba tanto a su padre? Cierto que sus familias se habían relacionado en el mundo de los negocios, como todas las personas de negocios en Sydney. Era normal.

—Está bien, los dos sabemos que mi padre se quedó con el negocio de tu padre. Sé que debió ser difícil para tu familia. Pero eso ocurrió hace mucho tiempo. Creo que es hora de superarlo.

Alex se echó a reír, fue una risa sin humor, una risa llena de desprecio.

—No estoy hablando de negocios —le espetó Alex.

Un intenso temor se apoderó de ella. Si no estaba hablando de negocios…

—¿A qué te refieres?

—¡A que tu padre violó a mi hermana!

Saskia sintió frío hasta en los huesos. No podía hablar, no podía responder. Sacudió la cabeza con incredulidad.

—¿No me crees? ¿No crees que tu maravilloso padre fuera capaz de hacer algo así?

—No —respondió ella.

Era repugnante. No podía ser verdad.

—Pues créelo —dijo Alex—. Tu querido padre no se conformó con destruir el negocio del mío, también decidió acabar con la virginidad de mi hermana.

—¡No! ¡Eso no es verdad! ¡No puede ser verdad!

—Pues así fue. Eso fue lo que ocurrió. Y tu padre se vanaglorió de haberlo hecho delante de mi padre.

—No es posible.

—¡Marla tenía quince años!

Saskia dio unos pasos hacia atrás, apartándose de él. No podía creerlo.

Pero, de repente, recordó el manuscrito de Marla. Hablaba de cuando perdió la virginidad a los quince años con un hombre mucho mayor que ella.

¿Ese hombre podía ser su padre?

¿Qué era lo que Alex le había dicho? Le había dicho que sus padres nunca habían superado la tragedia de perder su negocio. Ahora se daba cuenta de que no era perder el negocio lo que les había destruido, había sido la desesperación de saber lo que le había ocurrido a su hija.

¿Por qué Alex odiaba tanto a su padre? Debía ser verdad lo que le había dicho; de lo contrario, no tenía sentido.

Con un sollozo, Saskia se dio media vuelta y corrió al cuarto de baño. Allí, vomitó lo poco que había cenado.

Alex fue en pos de ella y le dio una toalla para que se secara la boca.

—Lo sé. A mí también me revuelve el estómago.

Saskia temblaba y un frío sudor le cubría el cuerpo.

—Alex, no tenía ni idea. No lo sabía —gimió ella.

—Ahora ya lo sabes. Y ahora también sabes por qué no quería que te acercaras a mi hermana.

—Intentabas protegerme, evitar que descubriese lo que mi padre había hecho a Marla.

De repente, una súbita angustia se apoderó de Saskia. Marla había confiado en ella, había buscado su apoyo.

—Alex, ¿sabe tu hermana quién soy?

—¿Te refieres a si sabe que eres la hija de él? ¡Claro que no! De saberlo, no creo que se hubiera acercado a ti.

—No sé qué decir —dijo Saskia, llevándose la toalla al rostro como si con ella quisiera absorber el horror que sentía.

—En ese caso, hazme un favor y no digas nada —declaró Alex con frialdad—. Es curioso, pero había llegado a creer que podíamos olvidar el pasado, que tú eras diferente. Había llegado a olvidar quién es tu padre.

Alex lanzó una carcajada y sacudió la cabeza antes de añadir:

—Pero eres igual que él. Has ido detrás de tu presa con crueldad, una presa inocente y vulnerable, para conseguir lo que te proponías. Sí, eres igual que tu padre.

Alex salió del baño. Unos segundos después, Saskia le oyó hablando por teléfono.

Ella se quedó allí, temblando. Luego, se acercó al lavabo para lavarse la cara. Al levantar la cabeza, le vio a sus espaldas y se volvió. Alex tenía en las manos una cartera y una bolsa de viaje.

—¿Te marchas?

—Me traslado a otra suite. Mañana me marcharé de Londres. Haré que te envíen el resto de tus cosas.

—¿Qué hay de la cita de mañana con Sir Rodney?

—Por favor, Saskia. No esperarás que me crea esta tontería, ¿verdad? Has conseguido lo que querías. Has conseguido que Marla revele su vida privada. Aunque yo recuperara el manuscrito, tú ya se lo has entregado a quien te ha parecido. No tienes que seguir fingiendo. Es demasiado tarde.

A Saskia no le extrañaba ya que Alex no la creyera, que no quisiera tener nada que ver con ella. Al fin y al cabo, le recordaba lo que su padre le había hecho a su hermana.

—Ah, y cuando veas a tu padre mañana…

Saskia esperó unos segundos.

—¿Sí?

—Dile que es la única persona en el mundo a la que he querido asesinar. Dile que, dadas las circunstancias, no ha salido mal parado.

Saskia cerró los ojos como reacción a la amargura de aquellas palabras de despedida. Unos segundos después, oyó la puerta de la suite cerrarse.

Alex se había marchado.

Capítulo 10

LA REUNIÓN con Sir Rodney y los demás miembros de la junta directiva fue tan bien como podía esperarse. Al menos, eso es lo que Saskia se dijo a sí misma, tratando de animarse, al salir del edificio de la empresa con lágrimas en los ojos.

La junta había decidido que, si conseguía terminar el perfil en el plazo de una semana, aún tenía una ligera posibilidad de que la considerasen una contrincante para el puesto de trabajo, pero tenía que medirse con el magnífico informe que Carmen les había enviado.

Se quedó en la calle, esperando a que pasara un taxi vacío para ir a ver a su padre. A pesar de lo que había hecho, era su padre, y ella era la única persona en el mundo que podía cuidarle.

Pero si lo que había dicho Alex era verdad... Si su padre había cometido semejante ignominia…

Por fin, paró un taxi y se subió. Luego, le dio al taxista la dirección de su padre.

Viente minutos más tarde, el taxi se detuvo delante de un modesto edificio de pisos.

«Es muy mayor», se dijo Saskia a sí misma mientras subía las escaleras hasta el segundo piso.

Después de llamar a la puerta tres veces, se arrepintió de no haber llamado por teléfono para avisarle de que iba. Quizá fuera una suerte que su padre no estuviera en casa; no sabía si estaba en condiciones de hablar de la hermana de Alex Koutoufides.

La puerta del piso contiguo al de su padre se abrió y una mujer salió al descansillo.

–Hola, señora Sharpe –dijo Saskia al ver a la vecina–. He venido a ver a mi padre, pero no me abre. ¿Sabe dónde podría estar?

Enid Sharpe la miró con preocupación.

–Oh, Saskia, ¿es que no te has enterado de lo que ha pasado?

Alex estaba de un humor pésimo cuando llegó a Tahoe, y su humor no mejoró cuando Marla salió a recibirle con una sonrisa de oreja a oreja. Su hermana le besó en las mejillas y luego, mirando al coche, frunció el ceño.

–¿Dónde está Saskia?

–En Londres –dijo Alex. Y agarró el equipaje antes de que al chófer le diera tiempo a hacerlo.

–¿Por qué? ¿Es que no va a venir?

–No, no va a venir –Alex vio a Jake, que estaba en la puerta de la casa–. Hola, Jake.

–Hola, jefe. Es un placer tenerle de vuelta.

«No vas a decir lo mismo cuando acabe contigo», pensó Alex.

–Quiero que te reúnas conmigo en el despacho dentro de quince minutos –declaró Alex, mirando a Jake.

Marla le siguió al cuarto de estar.

—Pero…

Delante de la gigantesca chimenea de piedra, Alex se volvió como si quisiera arrancarle la cabeza a su hermana. De repente, notó algo diferente en ella.

—¿Qué te has hecho? No sé, te veo distinta.

Marla se llevó una mano a la cabeza con gesto vacilante.

—Me lo he teñido. ¿Te gusta?

¿Cómo no iba a gustarle? Era un color miel, justo el color de pelo que a él le gustaba. Igual que el pelo de…

—He recibido tu mensaje. Me he enterado de lo del libro —declaró Alex.

Marla parpadeó.

—¿Y?

—Y quiero que sepas que voy a hacer todo lo que esté en mis manos para recuperarlo.

—¿Qué estás diciendo? —Marla le agarró un brazo—. Quieren comprarlo, van a publicarlo.

—No si yo puedo evitarlo.

—¡No! No lo comprendes. Saskia ha dicho que…

Alex se soltó de ella.

—¡No me importa lo que Saskia diga!

Marla le miró, furiosa.

—¿Cómo te has enterado? El mensaje que dejé era para Saskia, no debía habértelo dicho. Pregunté por la habitación de ella en el hotel… —de repente, sus ojos se abrieron desmesuradamente—. ¡Teníais la misma habitación! Te has acostado con ella, ¿verdad?

Alex se dio media vuelta, con las bolsas en la mano, y se dirigió hacia la parte de la casa donde estaban sus habitaciones.

—Te has acostado con Saskia. Sabía que ibas a hacerlo, era evidente que querías hacerlo. ¿Es por eso por lo que Saskia no me ha devuelto las llamadas? ¿Qué le has dicho? ¿Por qué se ha quedado en Londres?

Alex giró sobre sus talones y clavó los ojos en Marla.

—Desde el principio le dije que se mantuviera alejada de ti. Pero no podía hacerlo, ¿verdad? Vino aquí fingiendo que era a mí a quien quería entrevistar, pero lo que realmente quería era sonsacarte, sacar tus trapos sucios a la luz pública. Me fié de ella y me engañó.

—¡Tú no te has fiado de nadie en tu vida!

—Saskia me dijo que lo único que quería hacer era mi perfil.

—Y es verdad.

—En ese caso, ¿cómo ha acabado vendiendo tus manuscritos?

—¡Porque yo fui a buscarla y se lo pedí! La vi a la orilla del lago una mañana y me acerqué para hablar con ella. Me gusta. Y le pedí por favor que leyera mi manuscrito.

—Sí, ya.

—Saskia me dijo que a ti no te gustaría; tuve que insistirle. Incluso mentí y le dije que lo había escrito una amiga mía, aunque ella no me creyó. Me di cuenta de que ella pensaba que era imposible que mi manuscrito pudiera interesar a nadie, pero yo le obligué.

Alex miró a su hermana fijamente. Marla había hecho muchas cosas en la vida que le molestaban, pero jamás le había mentido. Además, ¿no era eso mismo lo que Saskia le había dicho, que Marla había ido a verla?

De todos modos, ¿qué importancia tenía? Saskia seguía siendo quien era, nada podía cambiarlo.

—De todos modos, el hecho es que tenemos que recuperar tu manuscrito.

Marla se cruzó de brazos.

—¿Y si yo no quisiera hacerlo?

—Lo siento por ti, pero voy a recuperarlo. Sabes que lo hago por tu propio bien.

—No, eso no es verdad. ¿Cómo puedes tú saber lo que es mejor para mí? ¿Me has preguntado alguna vez lo que quiero? Y a juzgar por la forma como has tratado a Saskia, tampoco sabes lo que a ti te conviene.

Alex se pasó una mano por el cabello. Estaba cansado, tenía hambre y estaba harto de las mujeres.

—Escucha, sólo quiero que seas feliz, ¿de acuerdo? —dijo él con un suspiro.

—Lo mismo digo.

—En ese caso, no creo que sea necesario publicar algo que se va a volver en contra nuestra.

—¿Cómo sabes que es eso lo que va a pasar? Alex, no lo has leído.

—Marla, por favor, ¿cuándo han publicado algo sobre ti que no nos haya causado problemas?

–Quien ha escrito esto soy yo. ¿Es que no tienes ninguna confianza en mí?

–No es cuestión de tener confianza…

–¡Sí, sí lo es! Tengo casi cuarenta años y no te fías de lo que pueda contar. Si hablaras con Saskia…

–¡No! No voy a hablar con Saskia. Y si tú supieras lo que te conviene, tampoco te dirigirías a ella.

–Sin embargo, no tiene nada de malo que tú te hayas acostado con ella, ¿no?

Alex lanzó un suspiro de exasperación.

–No lo entiendes. No sabes qué clase de persona es.

–Sé que no trabaja para la prensa basura, a pesar de lo que tú creas.

–Se trata de quién es, no de su trabajo.

–¿Te refieres a que es la hija de Victor Prentice?

–¿Lo sabías? –preguntó Alex con incredulidad.

–Naturalmente que lo sabía.

–Pero su padre…

–¡No tienes que recordarme lo que hizo su padre! Lo sé perfectamente.

–¡Tenías quince años!

–¡Y tú sólo doce! ¿Qué sabes tú de lo que pasó? Ojalá no te hubieras enterado. Ojalá papá no te hubiera dicho nada.

–Antes de que papá me lo dijera, sabía que pasaba algo. Y cuando me enteré de que te violó me dieron ganas de matarle. Juré vengarme de él.

Marla le miró con la boca abierta.

–¿Qué has dicho? ¿Has dicho que me violó? ¿Es eso lo que llevas creyendo todos estos años?

–Te quitó la virginidad. Eras una quinceañera. ¿Cómo lo llamarías tú?

–Lo llamaría sexo. Lo llamaría satisfacer un deseo mutuo.

–*Tsou!* –exclamó Alex–. ¡Ese hombre tenía edad para ser tu padre! ¿Cómo podías desearle? ¿Cómo podías saber siquiera lo que querías?

Marla se encogió de hombros.

–¿Quién puede explicar la atracción física? En fin, lo único que sé es que me atraía y sentía curiosidad por el sexo. Y él se sentía solo y triste, sin esposa y con una hija pequeña. Supongo que me daba pena.

–Pero… ¿por qué accediste?

–No fui yo quien accedió, sino él. Le pedí que me hiciera el amor y él consintió en hacerlo. Lo que hicimos estuvo mal, pero yo se lo pedí –Marla le miró fijamente–. ¿Es eso lo que tienes en contra de Saskia? Lo que te molestaba de ella no era que fuese periodista, sino que fuera la hija de Victor, ¿verdad? ¿Cómo has podido echarle en cara eso? Saskia llevaba pañales cuando ocurrió.

–Da igual. La cuestión es que Victor se acostó contigo y no tenía derecho a hacerlo.

–¡Deja a Victor en paz! ¡Tienes que dejar de odiar, Alex! Además, Victor está ya muy mayor, está enfermo y necesita cuidados constantes –Marla se interrumpió al ver la expresión de perplejidad de Alex–. ¿No lo sabías? ¿No te lo ha dicho Saskia? ¿Por qué si no crees que está tan desesperada por conseguir ese puesto de trabajo? Es la única manera de tener los suficientes medios económicos para procurarle a su padre los cuidados que necesita.

–*Theos!* –exclamó Alex, cerrando los ojos. De repente, se sentía casi enfermo.

–¿Qué has hecho? –le preguntó Marla, poniéndole una mano en el brazo–. ¿No habías ido a Londres para ayudarle? ¿Qué ha pasado?

Alex miró a su hermana con angustia. Marla respiró profundamente al darse cuenta de lo que debía haber ocurrido.

–¡Oh, Dios mío, no! Se lo has dicho, ¿verdad? Le has dicho que su padre me violó, ¿no es eso?

Alex bajó la cabeza, reconociendo su error.

¡Qué había hecho!

Saskia cambió de postura en el sillón forrado en plástico con brazos de madera. Miró a su padre con la esperanza de ver una mejora, pero el corazón se le encogió al instante.

Ningún cambio.

Después de pasar tres días al lado de la cama de su padre en el hospital, sabía lo que podía esperar. Su padre había entrado en coma debido a una hemorragia cerebral; los médicos no le habían dado muchas esperanzas. Según ellos, podía salir del coma en cinco días, en cinco meses, o…

Incluso si salía del coma, quizá necesitara meses de rehabilitación, incluso años. Y ése era el mejor pronóstico.

Las lágrimas corrían por sus mejillas cuando, de

repente, la puerta de la habitación se abrió y entró una enfermera para examinar a su padre.

—Hace un día precioso, señorita Prentice, aunque dicen que luego va a llover. ¿Por qué no se va a tomar un café y a respirar un poco de aire fresco ahora que puede?

Saskia se estiró.

—Creo que tiene razón, eso es lo que voy a hacer.

En realidad, no había mucho más que pudiera hacer.

Ya era de noche cuando Saskia regresó a su diminuto apartamento, agotada. Lo único que quería era darse un baño caliente. Había pasado cinco días en el hospital; quería estar al lado de su padre por si salía del coma.

Pero los médicos tenían razón, debía ir a su casa.

En la consola del pasillo, encontró el correo. Como de costumbre, su casera había tenido la amabilidad de pasarse por la casa para ver si estaba todo bien y para recoger el correo. Luego, al volverse, vio una pila de cajas amontonadas en el cuarto de estar.

Saskia se acercó a las cajas para examinar su procedencia.

Tahoe. Sí, Alex le había dicho que le enviaría sus cosas. Pero… ¿tantas? Apenas había dejado nada allí.

Abrió una de las cajas. Vestidos. Eran los vestidos que Alex le había comprado en Sydney. Vestidos que no consideraba suyos. También estaba el traje de noche que se puso en Nueva York. Y había vestidos y zapatos que aún no se había puesto.

Se sentó en el suelo y… se echó a reír.

Tenía gracia.

Rió y rió, incapaz de controlar la histeria.

Y continuó riendo al tiempo que las lágrimas resbalaban por sus mejillas. Cuando por fin se metió en la cama, la risa había cesado y sólo quedaban las lágrimas.

Veinticuatro horas más tarde había vuelto a su vida normal, o algo parecido.

Cuando el timbre de la puerta sonó, Saskia se recogió el cabello mojado en una cola de caballo y corrió hacia la puerta. Debía de ser la organización de caridad a la que había llamado para que fueran a recoger las cajas con ropa. Cuando antes desaparecieran, antes se desharía de todo lo que pudiera recordarle a Alex.

Abrió la puerta y se quedó helada.

—Hola, Saskia.

Capítulo 11

SASKIA parpadeó y respiró profundamente; pero cuando volvió a abrir los ojos, Alex seguía allí, en el umbral de la puerta.

—¿A qué has venido?

—He venido a verte. ¿Es que no me vas a invitar a entrar?

—¿Para qué?

—Tenemos que hablar.

Saskia sacudió la cabeza.

—No. Creo que ya no tenemos nada más que decirnos.

Dos hombres enfundados en monos aparecieron detrás de Alex.

—Somos de Charity Central, venimos a por unas cajas.

—Sí, pasen. Ahí están —respondió Saskia al hombre que se había identificado.

Alex no se apartó, sino que se adentró en el piso para dejarles pasar, notó Saskia con irritación.

Ella señaló las cajas a los hombres y dijo:

—Llévenselas todas.

Alex miró a las cajas y luego a ella cuando uno de los hombres se acercó a la puerta con una de las cajas.

–Eh, un momento –protestó Alex–. ¿No son…?

–Sí, lo son –Saskia asintió.

–Esos vestidos valen una fortuna.

–Tu fortuna, no la mía. Ahora que si los quieres…

El hombre se detuvo en la puerta y volvió la cabeza.

–¿Nos las llevamos o no?

–Sí, llévenselas.

–No.

El hombre dejó la caja en el suelo y, mirando a Alex, preguntó:

–¿Qué hacemos por fin, jefe?

–Compré todo eso para ti –dijo Alex en tono acusatorio, mirándola fijamente.

–No lo quiero.

–Está bien, llévense las cajas –dijo Alex al hombre, conteniendo la ira que sentía.

En cuestión de unos minutos los hombres acabaron de sacar las cajas y se marcharon, dejando despejado el cuarto de estar.

Saskia suspiró de alivio mientras hervía agua para un té. Una vez que se hubo servido una taza, añadió dos cucharadas de azúcar. Necesitaba toda la energía necesaria para enfrentarse a Alex.

–¿No te has parado a pensar en la posibilidad de que no quisiera verte?

–Sí, pero me daba igual.

Saskia se echó a reír, pero fue una carcajada histérica.

–Claro, quién se va a enfrentar al gran Alexander Koutoufides.

–¡No! –Alex le agarró el brazo, haciéndole derramar algo de té en el suelo.

Ella se miró la mano y luego a él.

–Suéltame.

–No he venido para discutir contigo.

–¿Para qué has venido, Alex?

–He venido para pedirte disculpas.

Saskia sonrió irónicamente.

–Bueno, eso lo arregla todo, ¿verdad?

Alex la soltó y ella se llevó la taza de té a los labios.

–Marla me ha dicho que fue ella quien insistió en darte su manuscrito.

–¿No fue eso mismo lo que yo te dije? Sin embargo, tenía la impresión de que no me habías creído. Y ahora, si no tienes nada más que decir…

–¡Maldita sea, Saskia! Tengo muchas cosas que decirte –Alex se pasó las manos por el cabello–. Escucha, me marché de Londres porque pensé que habías traicionado la confianza que había depositado en ti. Creía que querías sacar a la luz pública los trapos sucios de mi hermana. Pero cuando hablé con Marla y me di cuenta de lo equivocado que estaba… ¿sabes cómo me sentí?

–No –respondió ella con franqueza–. No, no tengo ni idea.

–No sólo te llamé mentirosa sino que, además, te abandoné y no fui a la reunión con tus jefes. A propósito, ¿qué tal te fue?

–Me dieron unos días para terminar el perfil. El único problema era que no podía acabarlo sin tu colaboración –le informó ella.

–Te darán el trabajo, si es que todavía lo quieres. Con o sin perfil.

Saskia alzó la cabeza y le miró a los ojos.

–Qué amable por tu parte. Pero ya no me importa, he decidido que Carmen se puede quedar con el trabajo si lo quiere.

–Saskia, Carmen no va a necesitar ese trabajo.

–¿Qué quieres decir?

–¿No has oído las noticias hoy? Drago Maiolo ha sufrido un infarto mientras conducía su Ferrari y se ha caído por un precipicio.

–Dios mío, eso es terrible. Pero ¿qué tiene que ver con Carmen?

–Carmen iba con él. Los dos han fallecido.

Saskia cerró los ojos y se dejó caer en un sillón. Por mucho que Carmen estuviera en contra de ella, no se merecía acabar así.

–Lo siento –dijo él–. Pero, como puedes darte cuenta, el trabajo es tuyo.

–No lo entiendes, ya no quiero ese trabajo.

–Pero… creía que lo necesitabas por tu padre.

Saskia le miró, parpadeando. De repente, sintió un nudo en la garganta que le impidió hablar.

–Lo sé todo; Marla me lo ha contado –añadió Alex–. Me ha dicho que necesitabas el dinero para pagar los cuidados que tu padre requiere. Y me ha dicho más, me ha dicho que…

–¿Me vas a decir ahora que te importa mi padre? –preguntó ella con voz acusatoria.

–Escucha, he hablado con Marla y… Lo que yo te dije en el hotel…

Saskia alzó una mano, pidiéndole silencio con el gesto.

—No te preocupes, Alex, ya no tiene importancia. Mi padre murió ayer.

De repente, Alex comprendió a qué se debían las ojeras que rodeaban los ojos de Saskia.

Victor Prentice estaba muerto.

—Saskia —dijo Alex, acercándose a ella.

Pero Saskia se levantó y se dirigió a la cocina en un intento por apartarse de Alex.

—¡No me toques!

—Saskia…

—Por favor, no finjas que te importa. Querías que mi padre estuviera muerto, así que debe de ser un alivio para ti.

—Saskia, no voy a fingir, no voy a decir que me gustaba tu padre, pero estaba equivocado respecto a él. No debería haberte dicho nunca lo que te dije.

Saskia le miró con dureza.

—Escúchame, Saskia, por favor… —Alex volvió a acercársele.

Ella retrocedió.

—No quiero escucharte. Para ti sólo he sido una forma de venganza. Sólo querías humillarme.

—Eso no es verdad. Nunca he querido humillarte.

—No te creo. ¿Acaso no te acuerdas de lo que me hiciste hace ocho años? Saliste conmigo, me trataste como una princesa y luego, cuando me tuviste desnuda en tu cama, me echaste a patadas. ¿No crees que eso es humillación?

Alex bajó la cabeza, consciente de la verdad de las palabras de Saskia.

—Créeme, lo que quería no era humillarte.

—En ese caso, ¿qué demonios pensabas que estabas haciendo? ¿Vas a decirme que no me utilizaste? —Saskia se calló y se llevó una mano a la boca—. ¡Dios mío, qué idiota he sido! Yo creía que sólo querías humillar a mi familia porque mi padre arruinó al tuyo. Pero no, tenías otro motivo. Me llevaste a la cama para vengarte de lo que mi padre le hizo a tu hermana. ¿Qué clase de persona haría eso, qué clase de monstruo haría eso?

—Escucha, Saskia… —dijo él, acercándosele.

Saskia retrocedió una vez más.

—Es verdad, iba a quitarte la virginidad como tu padre se la quitó a mi hermana —reconoció Alex—. Pero no pude hacerlo. Por eso me detuve.

—No te detuviste, me echaste de la cama.

—Sí, pero fue porque no quería hacerte daño.

—No me vengas con ésas. Me echaste de la cama porque eres un sinvergüenza. No te importa nada ni nadie a excepción de tu hermana. Eres un arrogante.

—¿Es que no lo entiendes? Si hubiera sido un sinvergüenza, no te habría echado de la cama, te habría obligado a permanecer en ella y te habría desvirgado.

—Pero tú me dijiste…

—No, Saskia, sé lo que te dije, pero no te eché de la cama porque eras virgen.

Saskia tragó saliva.

—Entonces… ¿por qué?

–Porque no podía llevar a cabo mi plan de venganza. Lo había planeado todo casi con precisión militar; acabar con el negocio de tu padre y quitarte la virginidad. Sí, lo tenía todo planeado.

–¡Y yo confiaba en ti!

–Lo sé. Pero tienes que escucharme –dijo Alex en tono de súplica–. Todo el tiempo que pasé contigo llevándote a cenar, al cine y demás… en fin, empecé a sentir algo por ti. Y no había contado con ello, era lo último que quería. Pero tú eras una chica divertida y preciosa, y era fácil estar contigo. Era fácil encapricharse contigo. Sin embargo, no podía olvidar lo que había habido entre Marla y tu padre, y estaba decidido a no olvidarlo.

Alex se interrumpió un momento antes de continuar.

–En fin, cuando te llevé a la casa de la playa estaba todo arreglado según mis planes. Iba a quitarte lo que quería quitarte. Era mi venganza –Alex suspiró.

–¿Qué… te hizo cambiar de idea?

–Lo que pasó es que, de repente, me di cuenta de la persona en la que me estaba convirtiendo. En un momento, comprendí lo que llevaba haciendo desde que tenía doce años, estaba intentando recuperar todo lo que mis padres habían perdido. Sin embargo, tú me hiciste ver lo bajo que había caído.

–¿Por eso te apartaste de la vida social? ¿No fue por Marla?

–No, no fue por Marla. Fue por mí, no me gustaba a mí mismo. Tú hiciste que me diera cuenta de que, al final, quería hacer lo mismo que había hecho el hombre al que más odiaba en el mundo, que me había convertido en alguien parecido a él. Estaba avergonzado de mí mismo.

Alex se acercó a ella. Esta vez, Saskia no retrocedió. El le tomó las manos en las suyas.

–¿No lo comprendes? No podía hacerte daño. No podía quitarte algo que podías ofrecerle a otro hombre, a un hombre que se lo mereciera.

Saskia tragó saliva.

–¿Qué fue lo que te dije aquella noche?

Alex sonrió débilmente al recordar aquella noche ocho años atrás.

–Me dijiste que me querías –contestó Alex.

–Creía que estaba enamorada de ti –dijo Saskia en apenas un susurro–. Me creía la chica más afortunada del mundo.

Alex alzó una mano y le acarició los mojados cabellos, haciéndola apoyar la cabeza en su hombro. Respiró su aroma, preocupado de que pudiera ser la última vez que lo hacía.

–Saskia, lo siento.

Ella le había amado en el pasado. ¿Cabía la posibilidad de revivir ese amor? ¿Había esperanza para un futuro juntos?

–Las ganas de venganza me tenían tan ciego que no era capaz de ver nada con claridad –declaró Alex–. ¿Podrás perdonarme algún día?

–No te preocupes –dijo ella con lágrimas en los ojos–. Dadas las circunstancias, supongo que debería agradecerte que no me hicieras lo que mi padre le hizo a tu hermana.

–No, no tengo disculpa. Además… tu padre no violó a mi hermana.

De repente, Saskia levantó la cabeza y se separó ligeramente de él. Alex le puso las manos en los hombros.

–¿Qué has dicho?

–He hablado con Marla y me ha dicho que no fue como yo pensaba.

–¿Quieres decir que no se acostaron juntos?

–Sí, lo hicieron. Marla tenía sólo quince años, pero me ha dicho que tu padre no la forzó. De hecho, me ha dicho que ella insistió en que se acostaran juntos.

Saskia se secó las lágrimas con una mano.

–Pero… ¿entonces no presumió delante de tus padres de que le había quitado la virginidad a Marla?

Alex suspiró.

–Bueno, eso sí lo hizo. Tu padre le dijo al mío que había desvirgado a Marla.

–Pero… ¿por qué hizo eso?

Alex apretó los dientes.

–Al parecer, sentía lo que había hecho, pero no quería que mis padres se enterasen de la verdad. Prefirió que mis padres creyeran que la había forzado con el fin de que no se volvieran en contra de ella. A su manera, tu padre intentó proteger a mi hermana.

Saskia hizo un esfuerzo por no perder la compostura mientras las lágrimas seguían corriendo por sus mejillas.

–Así que mi padre no era un violador, ¿es eso?

–No, no lo era. Ojalá no te hubiera dicho nada. Estaba equivocado.

Saskia respiró profundamente.

–Debo darte las gracias por venir y explicármelo todo. Te lo agradezco de verdad.

Alex se quedó helado. Saskia se estaba despidiendo de él. Aún no le había dicho todo lo que quería decirle, pero sabía que Saskia estaba demasiado afectada.

–En ese caso, me voy –dijo Alex.

Saskia se recogió el pelo con un lazo negro y se miró al espejo. El maquillaje disimulaba sus ojeras y el colorete quitaba palidez a sus mejillas. Luego, se miró el reloj y respiró profundamente.

Tenía que salir ya para el funeral. Durante los dos últimos días había pensado mucho en su padre. Le echaba de menos y no sabía qué iba a hacer sin él.

Agarró el bolso y las llaves, y salió de la casa. El taxi debía de haber llegado ya.

–¿Puedo llevarte?

Saskia dio un paso atrás. Jamás habría esperado ver a ese hombre vestido de negro apoyado en un Jaguar.

–¿Qué haces aquí? Creía que habías vuelto a tu casa.

–Estoy aquí para llevarte al funeral.

–No –dijo ella–. Te has pasado media vida odiando a mi padre, no voy a permitir que me lleves a su funeral.

Alex se enderezó y la miró a los ojos.

—Te dije por qué le odiaba. También te dije que me había equivocado.

—Sí, estabas equivocado.

—De todos modos, no he venido por lo que sentía por tu padre, sino por lo que siento por ti.

Saskia estaba demasiado cansada para reflexionar sobre el significado de aquellas palabras.

—He pedido un taxi.

—Y yo he pagado al taxista y le he dicho que se marchara.

—¿Que has hecho qué? —Saskia bajó la cabeza y rebuscó en su bolso—. En ese caso, creo que voy a ir en mi coche.

—Hoy no deberías conducir. Vamos, déjame que te lleve.

—Ni siquiera me has pedido permiso para ir.

—Si te hubiera pedido permiso, no me lo habrías dado.

Diez minutos más tarde, Alex detuvo el coche delante de la pequeña capilla y paró el motor. Pero Saskia no se movió.

—Te sentirás mejor cuando todo haya acabado. Vamos.

Había pocas personas allí. Enid Sharpe, la vecina de su padre; una de las enfermeras que le visitaban en casa; y un amigo con el que su padre solía jugar a las cartas. Durante la breve ceremonia, Saskia mantuvo la compostura, todo el tiempo con los ojos fijos en el ataúd.

Cuando la ceremonia concluyó, Alex la miró a los ojos y le tomó la mano.

–Gracias por traerme –le dijo ella antes de que Enid se le acercara para darle un abrazo.

Tras las despedidas, Saskia se subió al coche de Alex y cerró los ojos.

–Por fin todo ha acabado –declaró ella con un suspiro.

Se la veía exhausta y parecía haber perdido peso. Una vez de vuelta a la casa, a pesar de las protestas de ella, Alex la llevó en brazos al apartamento.

–¿Quieres que te llene la bañera? –le preguntó él.

Saskia sacudió la cabeza.

–No, lo que quiero es acostarme –murmuró ella, adormilada, con la cabeza apoyada en el hombro de Alex.

Él la llevó al dormitorio, le abrió la cama y la tumbó con sumo cuidado. Le quitó los zapatos y el traje, y se quedó atónito al ver la cantidad de peso que Saskia había perdido.

Saskia se subió el edredón hasta la barbilla, temblando.

–Qué frío tengo.

Alex no podía dejarla así. Se quitó los zapatos y el traje, y se metió con ella en la cama.

Alex la abrazó para darle calor. Por fin, los temblores cesaron.

Le besó el cabello e inhaló su perfume.

–Te amo –dijo él–. *Agape mou.*

Capítulo 12

SASKIA se despertó, sintiéndose mucho mejor. Debía de haber dormido horas y horas, acompañada de sueños llenos de amor. Entonces lo recordó. Alex. Se volvió en la cama, pero estaba sola. El día anterior, Alex había sido muy cariñoso con ella y muy comprensivo. ¿Se había marchado? Ahora que ya se había disculpado, ¿por qué iba a querer seguir estando con ella?

La puerta del dormitorio se abrió.

–Vaya, llego justo a tiempo –Alex sonrió desde la puerta con una bandeja en las manos llena de platos y tazas–. ¿Tienes hambre?

–Me muero de hambre –dijo ella, sorprendida de que fuera verdad. Llevaba días sin apetito.

–Ve a lavarte mientras yo voy a por el café –dijo él.

Saskia saltó de la cama y, agarrando la bata, fue apresuradamente al cuarto de baño. Se quedó horrorizada al mirarse al espejo. Tenía el cabello todo revuelto y el maquillaje se le había corrido. Se lavó la cara rápidamente y se peinó.

–Vamos, métete otra vez en la cama –le ordenó Alex cuando ella volvió a la habitación.

Saskia no protestó; estaba deseando meterle

mano a los huevos, al bacon con tomate, a las tostadas y a la mantequilla y la mermelada.

Alex le sirvió un plato y se lo dio.

—Dios mío, esto es maravilloso —dijo Saskia, apoyando la espalda en la cabecera de la cama.

—¿Tienes suficiente?

—Con esto y luego el postre será suficiente —dijo ella, dándose una palmada en el vientre—. Gracias, Alex. Y no sólo por el desayuno, sino por lo que me ayudaste ayer.

Alex sirvió el café.

—Para mí también fue importante. Ya era hora de dejar de superar el odio que llevaba sintiendo tanto tiempo. Estaba equivocado en todo. Además, ¿cómo podía seguir odiando a tu padre con la hija tan maravillosa que engendró?

Saskia sonrió. Unas lágrimas afloraron a sus ojos.

—Dios mío, creía que ya no me quedaban lágrimas.

Alex lanzó una suave carcajada. Luego, se acercó a ella y le tendió un pañuelo para que se secara las lágrimas.

—¿Por qué sigues aún en mi casa?

Alex, que se había sentado en la cama, recostó la espalda en la cabecera.

—Quería preguntarte una cosa. Quería preguntarte si podrás perdonarme por el daño que te he hecho.

—Ya me pediste disculpas ayer.

—No es suficiente —dijo él—. Quiero saber si me perdonas porque es la única manera de dejar el pasado atrás. Porque, si me perdonases, podríamos contemplar el futuro juntos. Es decir, si tú quieres un futuro conmigo. Te amo, Saskia. Sé que no te merezco, pero no quiero vivir sin ti.

—¿Que me amas? —Saskia parpadeó, recordando esas palabras como parte de un sueño, un sueño feliz. Pero esto era mucho mejor que un sueño. Eso era realidad.

Alex sonrió.

—Te quiero, aunque me ha costado mucho reconocerlo. Quiero pasarme el resto de la vida amándote, si es que me aceptas.

—Me quieres —repitió ella, saboreando aquellas palabras.

Alex se echó a reír.

—¿Quiere eso decir que me aceptas?

—¿Tienes idea de cuánto tiempo llevo esperando que me digas eso? —contestó ella—. Oh, Alex, yo siempre te he querido. Nunca dejé de quererte. Claro que te amo, claro que te acepto.

—Saskia —dijo él abrazándola—. No puedes imaginar lo que siento en estos momentos. No puedes imaginar lo mucho que te quiero.

Epílogo

SE ENCONTRABA en el paraíso. La vida no podía ser mejor.

Saskia estaba asomada a la ventana de su casa a orillas del lago Tahoe contemplando a Alex con su hija de un mes en los brazos.

Su hija.

La hija que habían concebido juntos, la hija nacida de su amor.

Saskia agarró dos de las ensaladas que el ama de llaves había preparado y salió al patio. Luego, dejó los platos encima de la mesa y vio el rostro de Alex iluminarse al verla salir.

—¿A qué hora vienen los invitados?

—Están al llegar. Espero que hayas puesto a enfriar el champán, Marla me ha dicho que tiene que darnos una noticia.

Alex alzó el rostro, aún con la pequeña Sophie en sus brazos, mientras Saskia se sentaba a su lado.

—¿Estás pensando lo mismo que yo?

Saskia asintió.

—Sí. Es Jake. Han pasado mucho tiempo juntos y Jake es bueno para ella. Es un hombre leal y sólido, y Marla necesita estabilidad; sobre todo, ahora que va a ir de tour para promocionar su libro. Es evidente que se gustaban desde hacía mucho, a pesar de que ella diga lo contrario. Me alegro de que, por fin, lo hayan reconocido.

–Marla está muy cambiada –dijo Alex, contemplando los oscuros ojos de su hija–. Tiene mucha más confianza en sí misma. Es increíble el éxito que ha tenido el libro.

–Creo que Marla se ha encontrado a sí misma. Ha descubierto su vocación.

–Y te lo debe a ti.

Saskia sacudió la cabeza.

–No, se lo debe a sí misma. Es ella quien ha tomado las riendas de su vida. Lo único que hemos hecho nosotros es apoyarla. Y tú, por fin, has dejado de estar encima de ella.

Alex la miró con respeto y amor.

–No dejarás nunca de sorprenderme. Es posible que hasta me haya enamorado de ti, señora Koutoufides.

–Y es posible que yo también lo esté de ti, señor Koutoufides.

Alex se inclinó sobre ella y la besó.

–Bueno, dime, ¿has decidido lo que vas a hacer? ¿Vas a considerar la oferta de Marla?

Saskia asintió.

–Se lo voy a decir hoy. Sí, voy a aceptar encargarme de lo que tenga que ver con sus relaciones con la prensa, será divertido. Y también escribiré mis propios artículos desde casa. Es el trabajo perfecto.

–¿No echas de menos *AlphaBiz*? –preguntó Alex.

Saskia sonrió y acarició los rizos de su hija.

–¿Qué tontería es ésa? Claro que no. No me gustaba el rumbo que estaba tomando la revista, cada vez más interesados en los famosos. Además –dijo ella, sonriendo–, ¿para qué ir por ahí buscando entrevistar a viejos y oxidados hombres de negocios teniéndote a ti en casa?

Alex lanzó un bufido.

–Conque viejos y oxidados hombres de negocios, ¿eh?

–Mejorando lo presente, por supuesto.

Alex tiró de ella para volver a besarla.

–Luego voy a demostrarte lo viejo y oxidado que estoy.

–Te lo advierto, soy difícil de convencer –contestó Saskia, su cuerpo empezando a excitarse con la promesa.

Alex se inclinó más sobre ella y se besaron otra vez, pero un grito de su hija les apartó. El volvió la atención a la niña y le besó la frente.

–Perdona, cielo, me había olvidado de ti un momento.

La niña dejó de protestar y, con los ojos fijos en los de su padre, sonrió.

–¡Me ha sonreído! –gritó Alex, mirando a Saskia–. ¿Lo has visto? ¡Me ha sonreído! Creía que no sonreían hasta por lo menos los seis meses.

–Naturalmente que te ha sonreído –dijo Saskia, acariciando la cabeza de su pequeña–. No puede resistirse a tus encantos, igual que yo.

Alex la miró con adoración.

–Eso es lo que me gusta que me pase con las

mujeres –dijo Alex mirando a Saskia fijamente–. Te amo, Saskia. Te amo por tu ternura y tu belleza, te amo por haberme dado a esta niña. Pero, sobre todo, te amo por haberme perdonado y por tu amor. Me has hecho el hombre más feliz del mundo.

Saskia abrazó a su marido, a su amor, mientras respiraba el aroma inocente de su hija.

Sí, se encontraba en el paraíso.

Bianca™

**Ya no era su amante, sino su esposa
y madre de su hijo, pero... ¿y el amor?**

Lisane Deveraux había llegado a convencerse de que estaba satisfecha con la relación que tenía con el importante abogado Zac Winston. Durante un año había sido una importante abogada de día y la apasionada amante de Zac de noche. El matrimonio nunca había sido parte del trato...

Pero un inesperado embarazo lo cambió todo. De pronto, Zac insistió en que se comprometieran, pero Lisane sospechaba que lo hacía sólo para proteger sus posesiones... su bella amante y su futuro heredero. Por el bien del bebé, Lisane se dispuso a desempeñar su nuevo papel de esposa de Zac, al menos en público, porque en privado seguiría siendo su amante... sabiendo que el amor nunca sería parte del trato.

Pasión de ley

Helen Bianchin

Un regalo muy especial
Jackie Braun

¿Podría salvar su matrimonio aquel maravilloso regalo?

Reese Newcastle y su marido, Duncan, habían estado unidos por una maravillosa conexión, pero ahora ninguno estaba seguro de lo que pensaba el otro. Tantos años intentando tener hijos habían acabado por distanciarlos. Pero de pronto surgió la oportunidad de hacer realidad el sueño de Reese... adoptando un bebé.

Duncan siempre había amado a Reese y estaba dispuesto a hacer cualquier cosa para que volviera a sonreír. ¿Podría aquel adorable bebé ayudarlos a curar las heridas y hacerles recordar por qué se habían enamorado el uno del otro?

Deseo™

Amor arriesgado
Sheri WhiteFeather

Años después de que la tragedia los hubiese separado, Carrie Lipton se encontró de pronto cara a cara con Thunder Trueno... y con la misma intensa atracción de siempre. Thunder quería quitársela de la cabeza de una vez por todas y tenía dos semanas para saciar la pasión que ambos sentían. Pero... ¿cómo iba a atreverse a hacerlo?

Después de acabar en la cama con su ex, Carrie descubrió que estaba embarazada. Thunder enseguida propuso que se casaran, pero ella temía que su tumultuosa historia pudiera repetirse...

HARLEQUIN Deseo

Amor arriesgado
Sheri WhiteFeather

Cómo era posible que una chica sencilla y precavida se hubiera quedado embarazada... de su ex?